匂い松茸

一膳めし屋丸九㊇

中島久枝

時代小説文庫

角川春樹事務所

本文デザイン／アルビレオ

目次

一膳めし屋丸九

主な登場人物

お高《たか》◆日本橋北詰の一膳めし屋「丸九」のおかみ。
父・九蔵が料亭「英《はなぶさ》」の板長を辞めて開いた店を、
父亡きあとに二十一歳で引き継いだ。三十歳。

お栄《えい》◆四十九歳。最初の夫とは死別、
二度目の夫と別れてからはひとりで生活し、先代のときから丸九で働く。

お近《ちか》◆丸九で働く十七歳。仕立物で生計を立てる目の悪い母とふたり暮らし。

徳兵衛《とくべえ》◆丸九の常連。「升屋《ますや》」の隠居で、なぞかけ好き。

惣衛門《そうえもん》◆丸九の常連。渋い役者顔で、かまぼこ屋の隠居。

お蔦《つた》◆丸九の常連。五十過ぎで艶っぽい端唄の師匠。

政次《まさじ》◆お高の幼なじみ、仲買人。妻・お咲との間に二人の子供がいる。

草介《そうすけ》◆お高と政次の幼なじみ。尾張で八年間修業してきた「植定《うえさだ》」の跡取り。

双鷗《そうお》◆厳しい画塾を開く高名な絵師。

作太郎《さくたろう》◆双鷗画塾で学んだ陶芸家。英の先代の息子。

もへじ◆双鷗画塾で学んだ絵師。

匂い松茸

一膳めし屋
丸九《まるきゅう》 八

第一話　秋さばと鯖とら

一

空の色が変わり、風の匂《にお》いも違ってきた。

秋は食材からもやって来る。

「鯖《さば》、どうだい？　秋鯖《あきさば》。脂《あぶら》がのっているよ」

そう言って、魚屋は籠《かご》から鯖を取り出した。

銀白《ぎんはく》の肌に青い縞《しま》模様がくっきりと入っている。今にも跳ね飛んでいきそうに力強い姿だ。

「いいわねぇ」

お高《たか》は身を乗り出した。

「煮てよし、焼いてよし。酢でしめれば、酒の肴《さかな》だ。なんでもござれだよ」

魚屋はとろけそうな顔になる。


ここは日本橋《にほんばし》北の橋詰《はしづめ》近くにある一膳《いちぜん》めし屋、丸九《まるきゅう》。

朝も昼も白飯に汁、焼き魚か煮魚、野菜の煮物か和《あ》え物、漬物、それに小さな甘味《かんみ》がつく。

五と十のつく夜は店を開いて酒を出すが、酒の肴はごく簡単なものしかない。

おかみのお高は三十になる大柄な女で、肩にも腰にも少々肉がついたが、きめの細かい肌はつややかで、髷《まげ》を結《ゆ》った黒々とした髪は豊かだ。黒目勝ちの大きな瞳は生き生きとしている。

お高を支えるお栄《えい》は父の代から店にいて、お高のことを見守っていてくれる人だ。小さなやせた体できびきびとよく動く。細い目に小さな口。よけいなことは言わないが、ときどき厳しいことを言う。

お近《ちか》は十七。薄くそばかすの散った小さな顔にくりくりとした目ばかり目立つ娘だ。丸九に来たばかりのころは雑巾《ぞうきん》の絞り方も知らなかったが、今は、大根のかつらむきもなんとかこなせるようになった。惚《ほ》れっぽくて飽きやすい。つい最近も、ひと回り以上も年上の絵描きのもへじにぐいぐい迫っておいて、あっさりふってしまった。

仕込みに入るのは、ほの暗い、夜の名残《なごり》が漂うような早朝だ。

三升炊きの大釜《おおがま》から白い湯気があがり、みそ汁から香りが立ち上がるころ、店の前にはひと仕事を終えた河岸《かし》で働く男たちが並びはじめる。

お近が丸に九の字を染め抜いた藍《あい》ののれんを出すと、男たちが次々に入って来て、十席ほどの小さな店はたちまち一杯になった。

「今日は豆腐とわかめのみそ汁に鯖のみそ煮、青菜とじゃこの炒《いた》め煮、なすのぬか漬け、甘味は冷やし汁粉《しるこ》です。今朝の鯖はとくに脂がのっているんですよ」

「ほう、鯖のみそ煮か。どうりで、いい匂いがすると思った」

頭に鉢巻を巻いた漁師らしい男が鼻をうごめかす。

厨房《ちゅうぼう》では、お高がじゃこと青菜を炒めている。じゃっという音とともにじゃこと生姜《しょうが》から香りがあがり、笊《ざる》一杯の青菜を加えて、ひと混ぜ、ふた混ぜ。だし汁を加えると、茎はしゃきしゃきと、葉はやわらかな炒め煮の出来上がりだ。

お栄が手早く白飯をよそい、みそ汁を注いで膳を調《とと》えている。

熱々の白飯はつやつやと光り、みそ汁はぷんといい香りをさせている。

男たちは鯖のみそ煮で一膳、青菜の炒め煮でまた一膳、みそ煮の汁をかけてさらに一膳とたいらげる。

働く男たちが去り、代わりにやって来るのは、惣衛門《そうえもん》、徳兵衛《とくべえ》、お蔦《つた》たち、おなじみさんである。　惣衛門はかまぼこ屋、徳兵衛は酒屋の隠居で、端唄師匠のお蔦と連れだってやって来る。

「ほう、今日は鯖のみそ煮ですか。秋ですねぇ」

惣衛門が言う。

「まったくだねぇ。このごろ、つくづく思うんだよ。おいしいものを食べるってのは、幸せなことだねぇ。何を食べてもおいしくないなんてなったら、人生、淋《さび》しいよねぇ」

お蔦が続ける。

「お高ちゃんの料理はさ、塩梅《あんばい》っていうのかい？　塩加減がいいんだよ。しょっぱくもなく、甘くもなく。鯖がおいしい、ご飯もおいしいってところになっているんだ」

「そうだねぇ。まったくだよ」

惣衛門とお蔦がうなずきあう。

黙って聞いていた徳兵衛が、お高を見て、にやりとした。

「ところでさぁ、お高ちゃん、聞いたよ。あのけちん坊の長谷《はせ》勝《かつ》に屏風絵《びょうぶえ》を買わせたんだって？　すごいよねぇ。一膳めし屋のおかみにしておくのは、もったいない」

「おやおや、聞き捨てなりませんねぇ。何があったんですか？」

惣衛門が身を乗り出す。

ほかのお客たちも思わず聞き耳を立てたようだ。客の会話が消えた。

「だからさぁ。あの、絵描きの先生が慣れない黄表紙《きびょうし》なんか描いて苦労していたんだよ。それで、お高ちゃんがひと肌脱いだってわけさ。長谷勝にふたりで乗り込んで、この人に仕事をさせてください。絶対に、後悔はさせません。子々孫々長谷勝の家宝になるようなものを描きますからって言ったんだ」

徳兵衛は身振り手振りを交えて、見てきたように言う。

「その話、いったい、どこから聞いたんですか」

お高は思わず頬《ほお》を染めた。

「あんた、そりゃぁ、もう、油町《あぶらちょう》辺りじゃ大変な噂《うわさ》だよ。あのお寅《とら》ばあさんに二百両からの金を出させるなんて、並みの腕じゃない。うちに来てもらいたいってさ」

得意そうな顔になる。

ほう、そりゃぁ、すごい。これは、驚いた。

あちこちから、ささやき声が広がった。

「二百両なんて、言ってませんよ。どうして、そんな話になっているんですか」

お高は頭のてっぺんから声を出した。

想《おも》い人《びと》で絵描きの作太郎《さくたろう》は実家である料理屋の英《はなぶさ》を手放し、流行の黄表紙の仕事をはじめた。だが黄表紙は思うように売れず、自信を失っていた。そこで、お高は作太郎を長谷勝のお寅のもとに連れて行き、屏風絵を描かせてくれと頼んだのだ。

そこまでは本当の話だが、金額がまるで違う。

お高がつけた値は六十両。お寅は半金の三十両を用意してくれた。

「……とにかく、そんな大金じゃないですから」

「そうか。あの絵描きさんのためにねぇ」

お蔦がまぶしいような目でお高を見る。

「お高ちゃんはいいことをしましたよ。……作太郎さんはいい絵を描きますよ」

惣衛門がしみじみとした言い方をする。

少し前まで作太郎は、絵の名門、双鷗《そうおう》画塾《がじゅく》で絵を学んだ絵師で、両国《りょうごく》の料理屋英の跡取り。絵を描かせれば一流で、焼き物や骨董《こっとう》にも詳しい粋人《すいじん》というふうに見られていた。だが今、その英という後ろ盾を失って、絵で身を立てようにもなかなかうまくいかず、八方ふさがりの状況である。

ほめたり、感心したりしてくれているが、「お高ちゃん、大変な人を好きになっちまったねぇ」という心の声が聞こえるような気がする。

「そうだ。なんか、足りないと思ったら、今日は、徳兵衛さん、得意のなぞかけがまだじゃないですか」

惣衛門が明るい声をあげた。

「うーん、そうだねぇ。……ああ、じゃぁ、どうだ。鯖のみそ煮とかけて、月の後半ととく」

「ほう、ほう。鯖のみそ煮とかけて、月の後半ととく……その心は」

「加減（下弦）がよい」

一瞬、惣衛門とお蔦は黙って考えている。

「だからさぁ、月の後半は下弦の月だろ。塩加減と、月の下弦をかけたんだよ」

徳兵衛が説明すると、「ああ、あ、そういうことですね」「なるほどねぇ」とふたりはやっと納得した顔になった。


店を閉めたあと、お高はしめ鯖など酒の肴になりそうなおかずを用意した。それを持ってもへじと作太郎の家をたずねるつもりだ。

「まぁ、まぁ、ご精が出ますねぇ」

お栄がお高の手元をちらりと見て言う。

「ほんと、お高さんは面倒見がいいんだよね」

皿を片づけながら、お近が感心したようにうなずく。

「ご機嫌うかがいなんだから手ぶらってわけにいかないでしょ。おいしいものを食べると元気が出て、さぁ、もうひと頑張りしようかって気持ちになるのよ」

お高は手際《てぎわ》よく折に詰めていった。

家の近くまで行くと、作太郎ともへじの怒った声が聞こえてきた。ふたりは庭でなにやら言い争い、三、四人の子供たちが遠巻きにそれをながめている。

「どうしたんですか、ふたりとも。大きな声をあげて」

作太郎がやぎの鳴き声がうるさいって文句を言うんだ」

いつも穏やかなもへじがめずらしく、

「だって、実際、うるさいんだよ。もへじの部屋は遠いから気にならないかもしれないけど、私の部屋にはよく響くんだ」

やぎは少し離れた場所にある杭《くい》につながれて、草を食《は》んでいる。

ふたりの言い争いがおさまったのを見定めたからか、子供たちがそろそろと近づいてきて、やぎの背中をなでた。やぎはそんなことはおかまいなしに、無心に草を食んでいる。

「おとなしいじゃないですか」

お高は言った。

「昼はね。問題は朝なんだ。夕方、小屋に入れる。朝、腹を減らして早く外に出してくれと鳴くんだ。びっくりするほど、大きな声だ。しかも、外に出してやるまで鳴きつづける」

だったら、出してやればいいではないか、たいした手間ではないだろうに、とお高は思ったが言わなかった。

「悪いな。だけど、俺が朝、弱いのは知っているだろう」

もへじが困った顔になる。

「あちこちに糞《ふん》を落とすし、臭《にお》いもする。風にのって、やぎの……いろいろな臭いが部屋に流れてくるんだ」

「ああ……。そうか」

結局、ふたりともやぎの世話をしないのだ。

「あの目も気持ち悪い」

「うん。……お前は動物が嫌いだったものな。……しかし、そう言われてもなぁ。白《しろ》は俺に運を運んでくれたんだ」

もへじは横に長いやぎの黒目を観察して、自分の絵に生かし、人気浮世絵師となった。

本当はやぎが嫌いなのではなく、いつの間にか流行にのったもへじに嫉妬《しっと》しているのではあるまいか。

お高は思ったが、やはり言わなかった。

「おじさんたち、白をどっかにやっちゃうの？」

「このまま、ここにおいておくれよ。おいらたちが面倒をみるからさ」

子供たちが嘆願する。

「まぁ、そのことはおいといて、お茶でも飲みませんか。お夕食になるようなものも持ってきたんですよ」

お高は明るい声をあげた。

もへじと作太郎が絵にまい進しているというのは、本当のことのようだ。

玄関を入って右がもへじ、左が作太郎の部屋で、真ん中の座敷を食事などに使っている。それぞれの画室の中の様子は知らないが、以前来たときは、座敷はきれいに片づいていた。今は、玄関を上がった途端、岩絵具の接着剤となるにかわの臭いが漂ってきた。描きかけなのか、反故《ほご》にしたのか、紙類が座敷にも重なりあっている。よく見れば、作太郎の着物は絵具の染みがつき、筆を持つ手には赤い腫《は》れが出来ている。

「どうしたんですか？　その手は」

「下絵を描いていたんですよ。うつむいて描いているから、首が疲れる。台をつくったら楽かなと思って試しに作ってみた。そのとき、うっかり木槌《きづち》で手を打った」

「まぁ、お気の毒に。それで、結局、台は出来たんですか」

「出来た。だけど、実際使ってみると、塩梅が悪い。描きにくいんだ」

「……そうですか」

どうやら、絵のほうはあまり進んでいないようだ。

「もへじさんのほうはいかがですか」

「まぁ、同じようなものですよ。このところ、毎日、昼に起きて、夜中までずっと描きつづけています。浮世絵のほうも、やめるわけにはいかないしね。あれは食い扶持《ぶち》だから」

「そうですか。おふたりとも、励んでいらっしゃるんですね」

そう言ったが、お高はふたりの間に以前のような温かさが感じられないのが気になった。

「お食事は、ごいっしょになさるんですか」

「いやいや、別々ですよ。腹が減ったときに食べる。それだけです。片づけるのが面倒だから、だいたいは屋台ですね。そばに、天ぷら、まぁ、そんなものです」

だったら丸九に来てくれればいいのに。

そういう思いが顔に出たらしい。

「気ばかり焦ってね。早く食べて、仕事にかかりたい。そう思うので」

作太郎は少し気まずそうに言った。丸九に来られないのは、早く仕事にかかりたいからだけではなく、金の心配があるからではないのか。

丸九は、屋台ほど安い店ではない。岩絵具は高価だし、作太郎のことだ。紙も筆もよいものを使いたがるだろう。長谷勝からもらった金の大半は、それに消える勘定だ。

「じゃぁ、もう少しお腹《なか》にたまるものを持ってくればよかったかしら。今日は酒の肴のようなものばかりなのよ」

お高は重箱の蓋《ふた》を開けた。

脂ののったしめ鯖とわかめとねぎのぬた、焼きしいたけとこんにゃくの南蛮《なんばん》、青菜のおひたし、ぬか漬けが、彩りよく並んでいる。

「ほう、これはごちそうだ」

作太郎が目を輝かせた。もへじも明るい声をあげた。

「せっかくだから、これから三人で飯にしようか。まだ、日は高いけど、たまにはいいだろう。俺が酒を買ってくるよ」

「そうだな。どこかで白飯も買ってきてくれ」

作太郎が言った。


三人で膳を囲んだ。

さきほどの諍《いさか》いを忘れたように、作太郎ともへじは楽しそうに盃《さかずき》を交わしている。お高も加わって話がはずむ。

「こんなふうにもへじと飲むと、昔のことを思い出すな。あのころは森三《もりぞう》もいて、しょっちゅう、英の離れに集まって飯を食ったり、酒を飲んだりしていた」

作太郎が言った。森三は早世したふたりの友人だ。

「懐かしいなぁ。腹がすくと、厨房からあれこれと料理を運んでもらっていた。贅沢《ぜいたく》なもんだ。……そうだ。あのころ、調理場にはお高さんの親父《おやじ》さん、九蔵《きゅうぞう》さんがいた」

もへじも遠くを見る目になる。

「板長をしていたころですか」

「そう、そう。……なんや、かんやと世話をかけた。そういえば、このしめ鯖は九蔵さんのものと同じ味だ。塩の加減がちょうどいい」

「ありがとうございます。直伝ですから」

いつの間にか、茶碗酒《ちゃわんざけ》になっていた。ふたりは気持ちよさそうにするり、するりと飲んでいる。

作太郎が突然、思い出したように言った。

「森三は妖《あやかし》とか、物《もの》の怪《け》とか、不気味な絵ばかり描いていたなぁ。最初に、あいつの画帖《がじょう》を見せてもらったときは驚いた」

「自分にはそういうものが見えるんだ、なんてな。子供のころは、月の半分は布団で寝たそうだよ。高い熱を出してうなされていると、そういうものたちが集まってくるんだってさ」

「……最初見たときは、怖いと思ったけど、見慣れると案外、かわいげがあると思ったりした。そう言ってたな」

「そうさ。画帖にあった物の怪は、あいつの心の友達なんだ」

ふたりは遠くを見る目になった。

「……まぁ、俺は森三の分まで生きて描こうと思っている。とにかく、目に入るものはなんでも描くんだ。俺の懐《ふところ》にはいつでも矢立《やたて》と筆が入っている」

お高が初めて会ったときも、もへじは絵筆を持っていた。目についたものがあると、懐から紙を取り出して描いた。子供を肩車した父親、飴《あめ》をなめている幼い兄弟、飯を食べる老人、おしゃべりに興じる女たち、なんでもだ。

「いつだったか後ろ姿を描かれたことがあったわ。自分の後ろ姿なんて見たことなかったから、とっても恥ずかしかった」

お高は頬を染めた。

「そうだった。あのとき、お高さんに叱《しか》られちまった。だけど、俺はそうやって遊んでるんだ。子供の時分から、紙があればなんか描いてた。紙がなければ板切れ、地面に、どこでもだ。そのまんま、大人になったんだよ」

「うらやましいな。俺はこのごろ、そんなふうに素直な気持ちで絵筆を持てない」

作太郎が言った。

久しぶりの酒なのか、すでにふたりはかなり酔っている。

「まぁ、それが俺の強みだ。好きなもんは好きなもん。なまじ期待されていないから、楽なんだ。そこにいくと、作太郎は気の毒だな。親父さんも、お袋さんも、姉さんも、働いている人も、人並み以上を期待する。どうしたって、人の顔色をみるようになるさ。俺みたいに、ほっておかれたわけじゃない。今でも、その癖が抜けないんだ。だから、絵に媚《こび》がでる」

「媚か。俺の絵には媚があるって言うのか」

作太郎が低い声でつぶやいた。一瞬、気配が変わった気がした。作太郎の表情が変わっていた。鋭い目をして、唇を嚙《か》んでいる。

「……だから、俺の絵はだめなのか」

もへじは聞こえなかったらしい。気持ちよさそうにしゃべりつづける。

「やっと分かったんだ。風にのろうとあっち見たり、こっち見たりしちゃだめなんだ。とにかく、自分の描きたいものを描きつづける。そのうちに、どこかの誰かが認めてくれる。そいつを大事にするんだ。風がこっちに吹いてきたら、こっちのもんだ。あとは、風にのってのぼっていけばいい」

作太郎は何も言わない。

「このごろ、やっと、そのことが分かった。悪かったよなぁ。作太郎が黄表紙をはじめるってときに教えてやればよかったよ。そうしたら、あんな……」

「いい加減にしろ」

突然、作太郎が大きな声をあげた。額に筋が立っている。

「自分を何様だと思っているんだ。ちょっとぐらい絵が売れたと思って調子にのるな。俺に説教をするな」

「なんだよ。怒ったのかぁ」

もへじが酒に酔った目を向けた。

「このごろ、お前、いい酒じゃなくなったぞ。あのな、今だから言っておく。自分でも気づいているんだろ。お前の悪いところは、そこだ。他人のことを批判するくせに、自分がちょっと指摘されると怒るんだ。そりゃぁ、俺だって、ほめられたいよ。ほめられるのは大好きだ。だけどさ、俺は自分ってもんにこだわった。頑固に、不器用に、しがみついた。意地でも離すまいとしたんだ。森三だってそうだったじゃないか」

「もう、分かったよ。やめてくれ」

作太郎が低くうめいた。こぶしを強く握りしめている。

「ねぇ、もへじさんも、作太郎さんもどうしたんですか。もう、この話はよしにしましょうよ」

「作太郎、俺は、お前の絵が好きだ。俺が逆立ちしてもかなわない才があるって知っている。だのに、どうして、ちゃんと向き合わねぇんだよ。いつも逃げ出しちまうんだ。森三が死んだら陶芸に逃げた。江戸は嫌いだと言って旅に出る。あちこちの素封家《そほうか》に大事にしてもらっているけど、腹の底じゃ、そいつらを下に見ている。江戸が一番だと思って恋しがっている。なに、やっているんだよ」

「もへじさんも落ち着いてください。作太郎さんも。ねぇ、困りますよ」

　お高は必死で取りなそうとする。

　作太郎は叫んだ。

「俺が、いつ逃げ出した。素封家の人たちを見下したことなんて、ない。いい加減なことを言うな」

「目を覚ませ。大人になれよ。もったいないと思わないのか。それで死んだ森三が喜ぶと思うのか？　おりょうさんだって気の毒だ。……お高さんだって」

「言うな」

　激高した作太郎は手にした茶碗を投げた。茶碗は畳に転がり、酒が飛び散った。

「ねぇ、作太郎さん、お願いだから。もへじさんも、よしましょう」

　お高は茶碗を拾い、畳を拭く。それを見たもへじが鋭い声をあげた。

「あなたがすること、ないですよ。あいつにやらせなさい」

「いいです。私は拭きます。拭きたいから拭くんです。今日のもへじさんは、どうかしていますよ。そんな意地悪な言い方をしなくてもいいじゃないですか」

　涙が出てきた。もへじの酔いも急に醒《さ》めたらしい。

「……すみません。せっかく来ていただいたのに。醜態をお見せしました」

「そうですよ。ふたりは仲良しじゃないですか。励まし合って、助け合って、いっしょに絵を描く仲間じゃないんですか。ねぇ、作太郎さんも笑ってくださいな」

お高が作太郎に声をかけた。

作太郎は目をむいて叫んだ。

「黙っていてください。あなたに、何が分かるっていうんですか」

強い拒絶の言葉に、お高は驚き、作太郎の顔を見つめた。

いらだちと悔しさと悲しみが入り混じったその顔は、初めて見るものだった。

作太郎はいつも洒脱《しゃだつ》で、物知りで、贅沢に育った人間がもつ大らかな輝きを発していた。お高の前で感情をあふれさせることがあったけれど、それは自分の前でだけ見せる顔だ、親しさの表れだと感じていた。お高はうれしかったのだ。

「もへじの言う通りだ。私は人に好かれたい。ほめられたい。どう見られているのか、気になってしかたがない。そういう薄っぺらな人間だ。あなたが見ているのは、本当の私じゃない。こうありたいと思う、仮の姿だ」

「いい加減にしろよ。お前はいくつなんだ。十五、六のガキのようなことを言うな。森三は死んだ。英もなくなったんだ。今のお前に残っているのは絵だ。絵を描いて食っていくしかねぇんだよ」

お高は言葉を失ってふたりのやりとりをながめていた。

そうか。

あれは、作太郎の媚だったのか。そして、これが作太郎の素顔か。

今まで、自分はいったい、作太郎の何を見てきたのだろうか。こうあってほしいという、幻だったのだろうか。

お高はあれこれと世話を焼いてきた。長谷勝に屛風絵を描くと約束したこともそうだし、これまでもあれこれと好物をつくって持ってきた。

お高の気持ちに気づかぬはずはないのに、いつまでたってもふたりの距離は縮まらない。時折近づけたような気がしても、すぐにまた元にもどってしまう。なぜなのか不思議だったが、そのことを突き詰めて考えないようにしていた。

今、分かった。

作太郎はただ、甘えたかったのだ。誰かに、やさしくほめてもらいたかったのだ。

「私、今日は帰りますね」

お高は立ち上がった。作太郎は追いかけてこなかった。

それきり、お高は作太郎のところに行くのをやめた。

そのくせ、未練がましくあれこれと考えている。

もしかしたら、あのとき、作太郎は疲れていらだって、それであんなふうな態度をとったのかもしれない。

夢から覚めたような気がしたけれど、それはちょっとした思い違いで、会えばやっぱりいつもの作太郎ではないのか。

いや、違う。お高がこうあれかしと思っているだけのことで、あの日、あの場で見たことがすべてなのではないか。

ああでもない、こうでもないと、ぐるぐると同じところを回っているだけだ。

そんなことを考えながら日が過ぎていった。

二

十日ほどが過ぎた。朝の厨房で、お栄はごぼうの皮をこそげながら言った。

「ねぇ、お高さん。悔しいじゃないですか。隣の桶《おけ》屋の女房がね、あたしのせいだって言うんですよ」

「なにかしたの？」

お高は鍋《なべ》にだしをとるための削り節を入れながらたずねた。大量の削り節は湯気にあたってよじれながら、湯に沈んでいく。それとともに、だしの香りが広がった。

「なにもしませんよ。ただ、近所の野良猫がお腹をすかせているみたいだから、ちょっと残り物をやったんですよ」

「一度餌《えさ》をやると、また、来るよね」

膳を並べながらお近が言った。

「毎日、几帳面《きちようめん》にやって来てさ、飯はまだかって顔をするんだよ。情がうつっちまったみたいでさ」

「そんなこともあるでしょうねぇ」

「猫のおしっこは臭いんだよね」

「そうなんだってさ。隣の桶屋の女房がそう言っていた。雨の日はとくに臭うんだ」

「ねぇ、悪いけど、おしっこの話はやめてくれない」

たまりかねたお高は大声をあげた。

「ああ、すみませんでしたねぇ」

お栄はあやまった。

話が蒸し返されたのは、店を閉めた後のことだ。三人でせんべいをかじりながら茶を飲んでいたとき、お栄が言った。

「例の猫の話なんですけどね」

「朝の話ね。いいわよ。どういうことなの？」

お高は答えた。

「うん。聞くよ、聞くよ」

お近も続ける。お栄はぽつりぽつりと話しだした。

お栄がその野良猫と出会ったのは十日ほど前のことだ。雨を避けるように草むらに座っていた。けんかしたのか、片方の耳が折れている。ふてぶてしい面構《つらがま》えの雄猫だった。動物など飼ったことのないお栄だったが、たまたまその日、自分用に買った焼き魚があったので、少しやった。

がつがつと食うだけ食うと、野良猫は去っていった。

翌日、その猫はまたやって来た。

お栄はれんこんの煮物をやった。

ふんふんと匂いだけかいで猫は去っていったが、後で見ると、なくなっていた。

三日目になると、猫は当然のようにやって来て、催促をした。

白地に黒の縞の鯖《さば》とら猫だった。顔はおおきくて、えらが張っている。しっぽの先は鉤《かぎ》に曲がって、緑色の瞳をしていた。

生まれながらの野良らしく、手を伸ばすと、するりと逃げた。お世辞にもかわいい猫ではないが、わが道をいくという感じがお栄の心をくすぐった。それから、毎日、やって来るたびに餌をやった。魚をやることが多かったが、煮物とか、みそ汁をかけた飯のこともあった。がつがつと食いながら、鉤の尾っぽを震わせた。それが挨拶《あいさつ》だと思っていた。

ところが昨日、隣に住む桶屋の女房がやって来た。

――あんただろ。野良猫に餌をやっているのは。困るねぇ、そういうことをされると。猫がうちの裏でおしっこをするんだよ。臭くってたまらない。

――うちに来ている猫のかどうか、分からないじゃないか。

――猫っていうのは集まってくるんだよ。一匹いれば、どこからか、別のもやって来るんだ。そいで、おしっこをするんだよ。

――はぁ、さいですか。

――餌は禁止。頼んだよ。

「それは、お栄さんも悪いわよ。野良猫なんだもの」

事情を聞いたお高はお栄をたしなめた。

「まぁ、そうですけどね。口のきき方ってもんがあるでしょ」

お栄は少し腹を立てていた。近くの原っぱでこっそりと、猫の餌やりを続けていた。

「隠れてやっていたつもりだったんですけどね、長屋の連中は見ていたんですよ」

お栄は口をとがらせた。

何日か前、向かいに住む魚のぼて振りがやって来た。

――おい。おめえか、猫に餌をやっているのは。今朝、桶に入れておいた鯵《あじ》が盗まれたんだ。ちょいと目をはなした隙《すき》だよ。弁償してもらいてぇなぁ。

——そんなこと、知らないよ。

——すっとぼけんじゃねぇよ。裏の空き地で毎晩、餌をやってんだろ。ここらじゃ、みんな知ってるんだ。

「それで、払ったの？」

「しかたないじゃないですか。高い鯵でしたよ」

「で、やめたんだ」

「はあん。人になんか言われたぐらいで、このお栄さんは右見たり、左見たり、しないんだよ」

「じゃぁ。その話、続きがあるの？」

「もちろん」

お栄はうなずく。

もう、そのころには、最初の雄猫だけでなく、あちこちから猫が集まってきてけんかしたり、大きな声で鳴くようになっていた。空き地につくった畑に糞をして、大事に育てていたかぶと青菜を枯らし、床下で子を産みと、好き放題をしていたのだ。

それは、さすがにまずいんじゃないの。

お高とお近は目を見かわす。

お栄は口をへの字にして、もう、誰の言うことも聞くものかという顔つきになった。

　お高もお近も口をはさまない。

　しばらく、ぱりぱりというせんべいをかじる音だけが厨房に響いた。

　しばらくして、また、お栄がぽつりと言った。

「昨日、差配《さはい》さんが来たんですよ。飼っていた鶯《うぐいす》が猫に取られたんですと」

「ひゃぁ。とうとう」

「差配さんは、がっかりされたでしょう」

「そうなんです。で、言われました。これ以上、猫に餌をやるのはやめてくれ。長屋じゅうが迷惑をしているんだ。こんなことを続けていると、ここにいてもらうことはできなくなるよ、って」

　口調は穏やかだったが、最後通牒《つうちょう》である。

「じゃぁ、しょうがないわね。潮時よ」

「うーん、まぁ、そういう考え方もありますけれどね。……どっか、いい引っ越し先はないですかねぇ。猫好きが住んでいるようなさ」

「お栄さん、まだ、猫に餌をやるつもりなの？」

　お近が目を丸くした。

「猫、猫って言わないで。ほかのやつらのことはどうでもいいんだ。あたしは、親分《おやぶん》と向き合っていきたいんだ」

「親分ってのは、その鯖とらのことだよね」

「そうだよ。顔が大きくて、どっかふてぶてしくて、いかにも親分って感じなんだ」

「だったら、その……親分を飼えばいいじゃないの」

「だめなんだ。親分は生まれながらの野良だから、人に馴《な》れない。あたしは、まだ一度も触らしてもらえない」

「なるほど、なるほど。そいつは猫の世界じゃ、ちっとは知られた頑固で意地っ張りなやつなんだ。そんで、輪をかけて頑固で意地っ張りなばあさんが惚れちまったんだ」

「うるさい。ガキはだまれ」

お栄は怒り、お近がぺろりと舌を出す。

「もったいないじゃないの。その長屋には十年以上も住んでいたわけでしょ。それなりに居心地がよかったからでしょう」

「いいんですよ。もう決めたんだから」

お栄は答えた。

あくる日、丸九にお栄の古い友達のおりきが雁右衛門《がんえもん》といっしょに来た。

雁右衛門は神田《かんだ》に住む裕福な隠居で、おりきはその後妻（のようなもの）におさまっている。

「あらぁ、今日は鯖の塩焼きなの。うれしいわぁ」

献立《こんだて》を聞いておりきは素直に喜んだ。鴈右衛門といっしょに暮らしはじめたころは、店の料理になんやかやと文句をつけて、いかに自分が料理上手であるかを喧伝《けんでん》していたが、もう、その必要もなくなったのだろう。鴈右衛門との穏やかな暮らしにすっかりなじんでいるらしい。

昼を過ぎた時刻で、奥の席には惣衛門、徳兵衛、お蔦がすでに座っている。

「おお、めずらしい、鴈右衛門さん。こちらにいらっしゃいませんか」

「ほうほう、みなさん、おそろいで。それでは、お言葉に甘えてごいっしょさせていただきますかな」

鴈右衛門は細い目をさらに細くして笑みを浮かべた。禿頭《とくとう》に丸い体、あごのあたりにはやわらかそうな肉がついている。目じりがきゅっとあがったきつね顔のおりきとは、よい対照である。

お近が運んで行った膳は、大根おろしをたっぷりと添えた鯖の塩焼き、菊花を散らした青菜の酢の物、なすの一夜漬け、かぶと揚げのみそ汁に甘味はぶどうの寒天寄せだった。

遠火の強火で、じゅうじゅうと余分な脂を落としながら焼きあげた鯖は皮のほうはこんがりと焼き目がついて、身はしっとりとしている。

「これは、ご飯が進みそうですなぁ」

鳫右衛門は笑みを浮かべた。

茶を運んで行ったお栄に、おりきがたずねた。

「そういえば、お栄さん、猫を飼っているんですって」

「猫なんか、飼っちゃいないよ。近くの猫をちょいとかわいがっているだけだよ。あんた、どっから、その話、聞いたのさ」

「そりゃぁ、あたしは早耳だもの」

おりきは意味ありげにくりくりと目を動かす。

「そうなんだ。まったく、この人はあちこちの噂を拾ってくるんだ。もう、それはすごいもんだ。おかげで私は、退屈することがない」

鳫右衛門が笑う。

「おや、お栄さん、聞き捨てならねぇなぁ。そりゃぁ、ほんとに猫なのかい?」

「いえ、ですからね」

徳兵衛が話にのってくる。

お栄は近所の野良猫に餌をやりはじめ、そのことで長屋の人たちともめていることをしゃべった。

「もう、いっそ、新しいところに移ろうかと思っているんですよ」

「いやいや、それは、よく考えたほうがいいですよ」

惣衛門が即座に言った。

「そうだねぇ。まぁ、こう言っちゃなんだけど、相手は猫だからねぇ」

鳫右衛門が続ける。

「そうそう。短気は損気だからさ」

徳兵衛までも口をそろえる。

どうして、口をそろえて反対するのか。お栄はやっぱり、少し腹を立てた。

店を閉めてからお栄は近所の長屋をあちこちたずねてみた。

すぐに見つかると思っていたが、部屋を借りたいと言うと、差配は言葉をにごす。あきらかに、部屋が空いていると思われる長屋ですらだ。

そのうち、だんだん分かってきた。

つまり、ある程度以上の年寄りには部屋を貸したくない。とくに独り者の女は避けたいのだ。

「だって、あたしは働いているし、体も丈夫だ。きちん、きちんと店賃《たなちん》も払う。男所帯と違って部屋をきれいに使う。どこが困るんだよ」

お栄がねじ込むと、差配は渋い顔になった。

「なんていうのかねぇ。貸すほうからすると、ある程度のお年の独り者の女の人ってぇのは、いろいろ問題があるんだよ」

独り者の年寄りの男は問題がないのか。

問題というのは、つまりはどういうことなのか。

お栄は詰め寄った。

「うちでも、以前、そういう人を世話したんだけどね、なんでだか、隣近所ともめるんだよ。ささいなことでさ。で、出ていってもらった。嫌だってごねるから、それも大変だったんだ。……そういうことが二度ばかりあった」

ちらりとお栄の顔を見る。

あんたが部屋を探しているのも、そのクチじゃないのかねぇ。

そんな顔をしていた。

惣衛門や徳兵衛、鴈右衛門は大家の立場である。口をそろえてお栄を止めたのも、そういうことを知っていたからなのか。やっと腹に落ちた。

部屋を貸してもらえないなら、おとなしく差配や、近所の者たちの言うことを聞かなくてはならない。

それが腹立たしい。

たかが猫の餌やりだ。正確にいえば、「親分」をかわいがりたいだけだ。どうして、あきらめなくてはならないのか。寄ってたかって自分をいじめるのか。

お栄の考えは、だんだん妙な方に進んでいっているのだが、そのことにも気づかなくなっていた。

ひと休みのつもりで道端の石に座って、お栄はしばらくぼんやりしていた。

「お栄さんじゃないか」

声をかけられてひょいと顔を上げると、お蔦がいた。

「疲れた顔して、こんなところで何をしているのさ」

「お蔦さんこそ」

「あたしの家はこのすぐ近くだもの。狭い所だけど、お茶でも、飲んでいかないかい」

お蔦は細い指で道の先を示した。

神田界隈《かいわい》で長屋を探していたはずなのに、いつの間にか反対方向の室町《むろまち》まで来てしまっていたらしい。表通りから一本入った細い道を進むと、黒塀《くろべい》に見越しの松のある粋《いき》な造りの家があった。「端唄教授」と看板が出ている。お蔦の住まいであった。

「きれいなお住まいですねぇ」

「なに、昔の知り合いが世話をしてくれたんだよ」

お蔦はなんでもないことのように言った。

玄関を入ってすぐが六畳で、その先にもまだいくつか部屋があり、小さいとはいえ庭もあった。いまだに長屋で、これから先ももちろん長屋というお栄にしてみたら、夢のような暮らしである。

「ちょっと待っておくれよ。今、お茶をいれるからね」

お蔦はついと立ち上がって台所に行った。

きれいに片づいた部屋だった。女中はいないようだが、どこも掃除が行き届いてちりひとつ落ちていない。そもそも余分なものがないのだ。お栄の部屋には季節はずれのうちわだの、どこかでもらった手ぬぐいだのが散らばって、雑然としている。それとは大違いである。

お蔦は五十をいくつか過ぎているはずだ。ということは、お栄よりも、三つ、四つは年が上か。

目じりや首には年相応のしわがある。けれども色が抜けるように白く、髪は黒々としている。少ししゃがれた低い声にも色気がある。お蔦は深川《ふかがわ》芸者だったそうだ。色町の水で洗われると女はこんなふうになるのか。それとも生まれついてのものなのか。

お栄は思わず自分の手を見た。

指の節が太く、甲にはしみが出来ている。

こんな手をした女を、あの時蔵《ときぞう》はなんで、好もしいなどと思ったのだろうか。世間にはもっときれいでかわいらしい女がいっぱいいるのに。

時蔵は糸問屋の主《あるじ》だ。

最初はおりきに誘われて三人で会った。おりきは贋右衛門と出会う前で、時蔵のことを憎からず思っていたのだ。ところが、時蔵はお栄がいいと言ってくれた。

それでふたりで会うようになった。

時蔵といっしょにいると楽しかった。やさしい男で、お栄のことを大事にしてくれた。けれど、時蔵が求めているのは、そばにいて自分の話を聞いてくれたり、世話を焼いてくれたりする女ではないのだろうか。

気ままなひとり暮らしが身についたお栄は、今さら、世話女房に戻れない気がした。いっしょに住むようになったら、時蔵はがっかりするだろう。お栄も、こんなはずではなかったと悔やむ日がくるような気がする。

だったら、早いうちに見切りをつけたほうがお互いのためだと思った。

それで、もう、会うのはやめようと言った。

自分には丸九があって、自分にとっては大事な場所で、これからも働いていきたい。朝が早い仕事だから、ほかの女房のようにお世話ができず申し訳ないからと告げた。

――どうして、時蔵のようないい男と別れたのだ。

――この先、これ以上のいい縁はないのに。

おりきには、ずいぶん叱られた。

でも、それが自分の性分だからと答えた。その言葉に嘘《うそ》はないのだけれど。

「ああ、すっかり待たせちまったね。ちっとも湯が沸かなくてさ。羊羹《ようかん》も切ったからね」

お蔦は熱いほうじ茶をいれてきた。やわらかな香りが部屋に満ちた。

「この前、鴈右衛門さんとおりきさんの家に行ったんだよ。端唄のことを教えてほしいっていうからさ。あんた、あの家に行ったことがあるかい」

「いや、行ってないですよ」

「そうかい。一度、行ってごらんよ。すっかり、おりきさんの色に染まっているから。いや、前の家のことは知らないよ。だけど鴈右衛門さんは、ああいうお人だから違い棚に趣味のいい器《うつわ》なんかをさ、ぽんとひとつ、飾るほうじゃないかと思うんだよ」

「ああ、そうでしょうねぇ。どういうふうになっていたんですか」

「なんだか、いろいろ飾ってあったよ。おりきさんがつくった人形だの、ふたりで行ったどこそこの土産《みやげ》だの」

「へぇ」

ごちゃごちゃとあれこれ置いてあるにちがいない。趣味のいい鴈右衛門の部屋が、安い小間物《こまもの》屋の店先のようになっているのではあるまいか。

「でもさ、そういうところが、鴈右衛門さんにしたら、かわいいんだよね。面白いんだよ。ごちそうさま、お幸せでよろしゅうございますねって、帰ってきた。おや、遠慮しないでお茶を熱いうちにおあがりよ。羊羹もさ」

つやつやと黒光りする羊羹がお栄を誘っていた。

「あの人のいいところはね。自分が欲しいものがなにか、ちゃんと分かっている。それで、まっすぐに手を伸ばす」

「ああ、そうなんですよ。おりきとは、居酒屋で働いていたときからの仲なんですけどね、欲しいと思ったら遠慮なく手を伸ばす。まぁ、それで、あれこれ失敗もしているんですけどね」

「でも、最後には、あんないい人を見つけたんだ。めでたし、めでたしさ」

「そうですよね。あたしも安心しましたよ」

お蔦は急に遠くを見る目になった。

「思うんだけどね、世間じゃ、欲しいものが手に入ると、幸せになるって言うけど、欲しいものが手に入ることと、幸せになるってことは、全然別のものだよ。欲しいものを手に入れて不幸になる人もいるし、幸せになるために、欲しいものをあきらめる人もいる」

お栄の心に時蔵の顔が浮かんだ。

思い描いた時蔵との暮らしは「幸せ」だったのだろうか。

お栄が「欲しいもの」は、丸九での毎日なのだろうか。

「お蔦さんはどうだったんです？　欲しいものを手に入れたんですか？　それとも、幸せを手に入れたんですか」

「どうだろうねぇ。あたしは自分の子を手放しているんだよ。向こうさんに男の子がいないから、跡取りにしたいって言われてね。考えに考えて、血を吐くような思いで手放した。みんなが幸せになれると思ったからさ。だけど、それが本当の幸せだったかどうかなんて、十年、二十年過ぎてみなくちゃ、分からないよ。……でもさ、今、あたしは幸せだよ。淋しいとか、悲しいとかいう気持ちと上手に付き合っていくことを覚えたからね」

「そうですか。それじゃぁ、あたしは、まだまだですね」

親分に執着するのは、淋しいからにちがいない。親分と時蔵は全然違うものだけれど、親分はお栄の心の隙間を確かに埋めてくれていた。

「お高ちゃんだけどね、お達者かい？　このごろ、少し元気がないように思うけれど」

「あれ、そうですか」

このところ、自分と親分のことにかまけて、お栄はお高の様子まで気がまわらなくなっていた。

「お高ちゃんもきっと、欲しいものと幸せの間で揺れているのかもしれないね」

「あたしは、お高さんには幸せになってもらいたいですよ。ちゃんとしたところに嫁にいってね、子供も持って。そうでないと、亡くなった旦那さんに顔向けができない」

お栄は熱心に語った。それをお蔦がにこにこ笑って聞いている。

あれ、と思った。

自分は時蔵の申し出を断ったくせに、お栄はお高が嫁にいくことを望んでいた。後添《のちぞ》いの話があったときは、やいのやいのとせっついて後押しをした。そのために、丸九を閉めることになってもしかたがないと思った。お高がどれほど、丸九を大事にしているか知っていたのに。

どうも、おかしい。

矛盾している。

なんだか、頭がぐるぐるとしてきた。天井も畳もゆらゆらと揺れている。

「そうだ。あんた、引っ越しをするんだろ。新しい家に、その猫が来るようにおまじないをあげるよ」

お蔦は硯《すずり》と筆を持って来ると、短冊をおいた。細筆でするすると書いた。

『たち別れ　いなばの山の　峰《みね》に生《お》ふる　まつとし聞かば　今帰り来《こ》む』

「在原業平《ありわらのなりひら》の歌だよ。猫の皿はあるかい。それをこの紙の上に伏せておけば戻って来るっていうおまじないだ。あんたの猫も新しい部屋に迷わないでやって来られるよ」

「あ、ああ、そうですか。……ありがとうございます」

お栄は礼を言った。

「失《う》せ物にも使えるし、人にも効くんだ」

お蔦はすました顔で茶を飲んだ。

「そうだよ。気まぐれな猫が来るんだ。殿方なんて、なおさらだ。ちょろいもんだ」

「人にも……？」

「あ、そうか。……ありがとう」

気がつくと、お栄は短冊を大事に抱えて、お蔦の家を出ていた。

しばらく歩いて、お蔦は「考え直すんなら、まだ間に合うよ」と言ってくれたのだと気がついた。足はなんとなく丸九に向かった。

三

丸九の勝手口の戸を開けると、お高が鯖の仕込みをしていた。

「いい鯖が手に入ったから、昆布締《こぶじ》めにでもしてみようかと思って」

「そりゃぁ、いいですね。明日は、夜も店を開けますからね。手伝いますよ」

生きのいい鯖の背は青く、腹は白く輝いている。お高が包丁を入れると、身の薄紅色が目にとびこんできた。血合いの部分は鮮やかな紅《くれない》をしている。

お高は手早くひと口ずつの切り身にして、桶《おけ》に並べる。上から鯖が見えなくなるほど塩をふった。

それからふたりで鯖をはさむ昆布を切った。鯖の身をはさむから、幅広で肉厚の上等の昆布を使う。酢で洗った鯖の身を昆布ではさみ、重石《おもし》をおくのだ。鯖を酢で洗っていると、厨房が酢の匂いでいっぱいになった。

「贅沢なもんですよねぇ、こんなに酢も昆布も使って」

お栄はしみじみとした声を出した。

「だから、おいしいのよ。お客さんが喜んでくれるから、甲斐《かい》があるわ」

お高は笑みを浮かべた。

そういえば、このごろ作太郎の話をしない。もへじと暮らす家に差し入れを持って行ったという様子もない。

ふと、戸棚を見ると、作太郎にもらった茶碗がなくなっていた。

「あれ、あの茶碗、どうしたんですか」

「茶碗って？」

「作太郎さんにいただいた茶碗ですよ。お高さん、大事にしていたじゃないですか」

「ああ、あれね。さっき、片づけたの。土物だから、やっぱりもろいのよ。縁のところに小さなひびがはいっていたから」

「……そうですか」

どうしてという言葉を飲み込む。お高が言わないなら、踏み込まないのが暗黙の約束だ。しばらくふたりで、無言で仕事を続ける。

「引っ越そうかって思ってね、さっき、あちこち、長屋をたずねてみたんですよ。だけど、だめでした」

「あら、そうなの？　空き家はなかったの？」

「あったんですけどね、貸してくれないんですよ。独り者の女は嫌なんですと。もめごとを起こすから」

「そうなの？　独り者の男のほうがもめごとを起こしそうだけど」

「そうでしょう。あたしもそう思うんですけどね。仕事もあるし、体も丈夫だし、男と違って部屋もきれいに使うからって言ってもだめなんですよ」

「じゃぁ、どうするの？」

「今のところで我慢して、このままいるしかないんですかねぇ」

じゃぁ、親分やそのほかの猫たちのことはどうするのとは、聞かない。

おりきだったら、あれこれ聞くだろう。ああせい、こうせいと指図をしたり、それだからあんたはだめなんだと説教をはじめるかもしれない。とてもうるさい。面倒だ。けれど、その分、おりきは人との距離が近い。本音を言う、ぶつかっていく。無理やり、自分の方を向かせる。鴈右衛門は、そういうおりきがかわいいのだ。

お栄だって、なんやかや言いながらおりきとは長い付き合いになっている。唯一の友達と言ってもいい。おりきのように、がさつで無神経で、ぐいぐいと他人に踏み込むことも、時には必要なのかもしれない。

時には。

顔を上げて、お高を見た。

少し頬の線が細くなっていた。

「その後、たまたま、お蔦さんに会ったんです。知らないうちに、お蔦さんの家の近くまで行っていたんですね。お茶とお菓子をごちそうになりましたよ」

「まぁ、それはよかったわね」

「ついあれこれおしゃべりをしたらね、帰りに短冊を書いてくれました。猫が戻って来るおまじないですって。あたしが引っ越しても、親分が迷わず家に来てくれるようにって」

「あら、そんなおまじないがあるの？」

お高は笑う。

次々と桶に昆布ではさんだ鯖を重ねて入れると、重石をした。

「明日あたりが食べごろですかねぇ」

「三日ぐらいは大丈夫よ」

ふいに塩梅《あんばい》という言葉が浮かんだ。

お蔦もお高も、塩加減がほどよい。おりきは強い。たまに会うならよいけれど、毎日となると、お栄は辛《つら》くなる。

自分でも分かっているのだが、お栄は頑固で偏屈なところがあるから、人とうまくやっていくのは上手《うま》くない。

こんなふうに丸九で長く働くことができるのは、お高の父親の九蔵やお高との塩加減がほどよいからだ。

では、時蔵との塩加減はどうだったのだろう。

あの男の塩梅も悪くなかった。楽しかったけど、どこかで無理をしていたのだろうか。ひとり暮らしが長いお栄は、誰かといっしょにいることが、辛くなっていたのだろうか。だから、別れを告げてしまったのか。

いっしょにはなれないと言ったときの、時蔵の驚いたような、悲しそうな顔は忘れられない。

――あれこれ世話をしてほしいとは思っていないですよ。そんなこと、いつ私が言いました？　おりきさんは、おりきさん。お栄さんはお栄さんでしょ。どうして、急にそんなことを言いだすんですか。

――だけどね、やっぱり、あたしは時蔵さんのお世話はしたいんですよ。それは、女の仕事でしょ。好きなお人のお世話を焼くっていうのは、女の幸せなんですよ。男の人だって、そういう人に世話を焼いてもらいたいんじゃないんですか。

――だったら、そうすればいいじゃないですか。

――だから、あたしには丸九があってね、いつもそばにいられるわけじゃない。十分にお世話ができないですよ。

――それなら、しなくてもいいんです。

――だからね。

――もう、お栄さんは何を言っているのか、私には全然分からないですよ。

どうして、なぜ、分からないのだ。

こんな簡単な理屈なのに。

あのとき、お栄はそう思っていた。つまり、おりきのような世話女房になるべきだと、頭から信じていた。

お高は嫁にいくべきだと頑《かたく》なに思い込んでいたように。

そうじゃないのか？

「お高さんは塩加減がうまいですよ」

「そう？　ありがとうございます。お栄さんにほめてもらうと、うれしいわ。ここを片づけたらひと休みしましょうか」

厨房の隅、ぬか漬けの桶の脇に鯖を仕込んだ桶が置かれた。重石を重ねた。

お栄がまな板や包丁を洗っていると、お高が言った。

「ねぇ、久しぶりにお抹茶を飲みたくなったわ」

お高は戸棚の奥から抹茶茶碗やささらを出してきた。

白い茶碗に、抹茶の緑が鮮やかだった。湯を注いで、さらさらとささらを回す。白い泡が立った。

「どうぞ」

「いただきます」

軽く一礼して茶碗を手に取る。

華やかな香りが鼻をくすぐった。口に含むと、軽やかな甘さと苦さが広がった。

「私ね、作太郎さんにはしばらく会わないことにしたの。作太郎さんに言われたの。自分はあなたが思っているような人じゃないって」

「じゃぁ、どういう人なんですか」

「人に好かれたい。ほめられたい。どう見られているのか、気になってしかたがない。そういう薄っぺらな人間だって」

「そんなの前から知っていますよ。私の好きなのは、そういうぺらぺらの薄っぺらな、風に吹かれてあっちこっち行っている男なんですって、なんで言い返さなかったんですか」

「もう、お栄さんったら」

人のことなら、なんでも言える。

お栄は笑った。

そうして、とても居心地がいいことに気がついた。丸九の厨房にいると、いつも心が休まる。穏やかな気持ちになれた。自分の場所だという気がした。

「いいですね、ここは。この丸九の厨房があると思うと、ほかにはもう、なんにもいらないって気持ちになりますよ。お蔦さんに言われたんです。欲しいものを手に入れることと、幸せになるってことは別物だって。あたしの幸せは、丸九にあるんです」

「それは喜んでいいことなのかしら」

「どうでしょう。そうじゃないんですか。あ、そうだ。お蔦さんから猫が戻って来るっていうおまじないの短冊をもらったんです」

懐から取り出した。

『たち別れ　いなばの山の　峰に生ふる　まつとし聞かば　今帰り来む』

「在原業平の歌でね、いなくなった猫の皿をこの短冊の上に伏せておくんですって。でも、親分に戻って来られても困るから、お高さん、持っていってくださいよ」

人にも効くということは言わなかった。

「きれいな字ねぇ。せっかくだから飾っておこうかしら」

お高は無邪気に言って、食器をしまった棚の上においた。

そのとき、強い力で厨房の戸がたたかれた。開くと、幼なじみで仲買人《なかがいにん》の政次《まさじ》がいた。

「お高ちゃん、こんなところで、のんびりしていていいのかよ。あの絵描きさんは、ちゃんと描いているのか」

走ってきたのか、額に汗をかいて赤い顔で怒鳴った。

「おそらくね。私、しばらく作太郎さんに会うのをやめることにしたの」

「はあ？」

「だから、……私も思うところがあったのよ」

「ようやく目が覚めたのかって、言いたいところだけど。それにしちゃ、軽はずみだったな。例の屛風絵のことだよ。長谷勝と約束したんだろ。半金も受け取った。お高ちゃんが間に入って、話をつけたって言うじゃないか」

「……その通りだけど」

「そんで判子《はんこ》はついたのか」

「簡単な証文のようなものはつくったから、私の名前も書いたわ」

「ばっかだなぁ。つまりな、お高ちゃんは連帯保証人ってことだよ。それで作太郎が描けなかったら、どうするんだ？　描けませんでした。申し訳ありません、じゃ、すまねぇよ。金はどうするんだ。作太郎が金を払えないときは、お高ちゃんが返すことになるんだぞ。そんな金があるのか」

言われて初めて、お高は気がついた。

半金として三十両。絵が描きあがったときに残りの三十両。しめて六十両。描きあがらなかったとき、長谷勝に受け取れないと断られたときは、金を返さなくてはならない。すでに受け取っている三十両だけで許してもらえるだろうか。

「どういう話になっているんだよ」

いらだったように政次が言いつのる。

「そこまで、話を詰めてないわよ。孫子の代まで残る屛風絵を描いてもらいますって言ったら、分かったって言ってくれたのよ」

「しょうがない。これから毎日、通ってさ。ちゃんと仕事をするようにケツをたたけ」

お高は困って助けを求めるように、お栄を見た。お栄もあわてた顔になっている。

「ともかくさ、今すぐ、作太郎のところに行ってさ、これは仕事の話、銭金《ぜにかね》のことだからきっちりさせたいって話をつけてこい。今なら、長谷勝に金を返して、申し訳ありませんって言えば許してもらえる。何か月もほっておいて、やっぱりだめでしたじゃ、話にならないって言われるぞ」

政次の言うこともっともだ。だが、お高はまだ、作太郎の絵の才を信じている。

「政次さんは、作太郎さんが描けないって決めつけているみたいだけど、作太郎さんは双鷗画塾でも三傑って言われた人なのよ。双鷗先生も高く買っていて、お手伝いを頼まれているのよ」

「知っているよ。俺も、ちょっと、あちこちで聞いてみた。たしかに、画塾にいたときは秀才だったらしいな。だけど、ここ何年も自分の絵を描いていない。陶芸に興味があるんて言って、あちこちの窯元《かまもと》をたずねているだけだ」

「でも、双鷗先生のお手伝いを……」

「つまり、絵描きで一本立ちはしてねぇってことだ。黄表紙も、うまくいかなかったんだろ。悪いことは言わないよ。お高ちゃんが言いづらいなら、俺が代わりに話をつけてやる。ともかく、今、すぐだ」

政次はお高の手を引っ張った。

「分かったわ。これから行くから。私ひとりで大丈夫だから」

「いいや。俺がついていく。お高ちゃんひとりじゃ、心もとない」

政次とふたりでもへじと作太郎の住まいに向かった。

夕方に近い時刻で、居酒屋の入り口の提灯《ちょうちん》には火が入っている。

「行ったらさ、のんきに酒なんか飲んでたら腹立つよな」

政次が言った。

「もし、そうだったとしても暴れないでよ」

「暴れねぇよ。いつ、俺が暴れたよ」

「いつもじゃないの。違った？」

「勝手なことを言うな。俺は心配しているんだよ。結局、あの男はさ、お高ちゃんに甘えているんだよ。お高ちゃんだけじゃなくてさ、まわりの人みんなにさ。困ったら、誰かがなんとかしてくれると思ってる。英《はなぶさ》があればよかったんだよ。料理屋は人に任せて、自分は挨拶だけして、あとは好きなことして。……そういう旦那さん、いっぱい知っているよ」

「たとえば？」

「徳兵衛さんとか、……徳兵衛さんとか」

お高は思わず笑ってしまった。

徳兵衛は隠居だ。だが、主《あるじ》であったときも仕事に励んでいただろうか。しっかり者の女房と忠義な番頭が万事取り計らって、なんの心配もなかったのではあるまいか。

「お高ちゃんも、どっかのでっかい料理屋のおかみだったらよかったのにな。それなら、旦那に好き勝手させられたのさ」

「そうね。残念だわ」

にぎやかな表通りから脇道に入り、路地を曲がって進むと、つきあたりがもへじと作太郎の住む家だ。

低い塀の向こうに庭が見えてきた。やぎの姿はない。

「仲買人の政次です。丸九のお高もいっしょです。作太郎さんはご在宅でいらっしゃいますか」

妙にていねいに政次が訪《おとな》った。

戸が開いて、ぬっと作太郎が姿を現した。

「ありゃぁ。お休み中でしたか」

思わず政次がつぶやいた。髷《まげ》が曲がり、無精ひげがのび、着物もよれて、あちこち絵具のようなものがついている。

「いや、片づけものをしていたんですよ。今日はなにか」

「商いの話です。例の屛風絵のこと。お高に聞いたら、前金ももらった、証文も書いたっていうじゃないですか。こういうことはね、最初にちゃんと話を詰めておかないと、あとあと面倒になりますからね。そのあたり……どういうふうにお考えかと聞きに来たんですよ」

「そうですか。……それでおふたりで」

「俺は、お高ちゃんの親戚《しんせき》、いや、兄貴みたいなもんですからね。前々から相談にのっていたんですよ」

政次が少し強い調子で言う。今まで、政次はお高の弟分だった。面倒なことがあると、いつもお高を頼ってきた。しかし、今はたしかに、兄の顔をしている。

座敷に通された。作太郎が部屋を出ようとすると、政次がすかさず言った。

「お茶はいいですから。今日は、そういうことで来たんじゃないんで」

それきり、政次は黙った。作太郎も何も言わない。気づまりなひと時が流れた。

仕事場に使っている部屋を見ると、絵具や筆や描きかけの紙が散らばっていた。もへじの部屋は襖《ふすま》が閉まっている。

「もへじさんはお出かけですか」

お高がたずねた。

「いや、出ていきました。やぎも連れて。いっしょにいると、ついけんかになるから、別々に暮らしたほうがいいんだってことになって」

また沈黙になる。口火を切ったのは、政次だった。

「単刀直入に言います。屛風絵は描きあがる見込みがあるんですか？　それは、いつごろなんでしょうか」

「大きなものですから、三月《みつき》は見ていただかないと。下絵を描くのにひと月、本絵を描くのにひと月半。屛風に仕立てるのに半月ほど」

作太郎はすらすらと答える。

「とすると、早くて暮れ、年明けには完成ってことですよね。世間じゃね、ここしばらく作太郎さんはちゃんとした絵を描いてないって言われているんですよ。陶芸とか、双鷗先生のお手伝いとか。黄表紙なんてのも、小手先でしょ」

作太郎は明らかに不機嫌な顔になった。これではまるで、政次はけんかを売っているようではないか。

「政次さん、その言い方は、作太郎さんに失礼よ。作太郎さんは双鷗画塾を出られた立派な絵描きさんなんですから」

お高が割って入った。

「これは、銭金《ぜにかね》の問題なんだよ。お高ちゃんだって、店をやっているから分かっているだろ。厳しいもんなんだ。しかも、相手は長谷勝だ。出来上がりに満足しなければ、遠慮なく描き直せって言うぜ」

「私も絵描きの端くれですから、それぐらいのことは分かっています。長谷勝さんとは、下絵が出来た段階でご相談をさせていただくつもりです」

「よし、分かった。それじゃぁ、仲をとりもったお高の顔に泥を塗ることはないんですね。恥をかかせたり、金のことで迷惑をかけることはないんだね。約束してもらえるね」

政次が大まじめな顔で念を押す。その顔を見たとき、お高はふと、胸を突かれたような気がした。政次は本気で心配をしてくれているのだ。

「もちろんです。お約束いたします。私を見くびらないでいただきたい。お高さんにはいつもお世話になっている。恩のある人ですから」

作太郎も強い目で見返す。

「その言葉、今、しっかりと聞きましたよ。よろしく頼みますよ。……俺はね、お高を子供のころから知っているんだ。親戚で兄貴で親父なんだ」

今度は親父が加わった。

「俺はお高を泣かせるようなやつを許さない。お前がそんなことをしたら、河岸《かし》の連中を連れてここになぐり込みに来るからな。覚悟しておけ。じゃ、俺は帰る」

政次は立ち上がった。お高もあわてて、後を追いかけた。

「なんだよ。お高ちゃんも出てきたのか。しょうがねぇなぁ。こういうときは『政次さんはあんなことを言ったけど、本当はやさしい、頼りになる人なのよ』とかなんとか、向こうさんをなだめてほしかったな」

「気がきかなくてすみません」

そのとき、はっとしたように、政次はお高を見た。

「お前さ、もしかして、あの男とは……そのなんだ、清い仲なのか」

「やめてよ、そういう言い方」

「ばっかだなぁ、お前。男と女は共寝《ともね》しねぇとだめなんだよ。そうじゃないと分からねぇことがあるんだよ。今まで、何をやっていたんだよ」

痛いところを突かれてお高は唇を噛んだ。

「まぁ、いいや、しょうがねぇ。ちゃんと絵を描かせるんだな。それが、あいつの正念場だ」

政次は偉そうに言った。

女同士の近しさと男女の近しさは別のものらしい。いつまでたっても、その塩梅が分からないお高だった。

第二話　むかごとため息

一

いつの間にか、裏の空き地に蔦《つた》らしき植物が生えていた。垣根に添ってつるを伸ばし、緑の葉を茂らせ、茶色の小さな実をつけた。それで、山芋《やまいも》だということが分かった。

「去年、あたしが試しに埋めてみたんですよ」

お栄はうれしそうに言った。さっそく摘《つ》み取って、数えてみると二十粒以上ある。

むかごは山芋の茎にできるこぶである。種ではないが、土に埋めておくと山芋が生えてくる。むかごはゆでても、素揚げにしても、うまい。

「せっかくだから、むかごご飯にしようかしら。八百屋さんに頼んで、もう少し持ってきてもらって」

お高は言った。

朝一番に来る働く男たちは白飯が好きだ。だが、昼近くなってやって来る男女は、案外に混ぜご飯や炊き込みご飯が好きだ。

その日は白飯とむかごご飯を選べるようにした。

いつものように惣衛門、徳兵衛、お蔦《つた》がやって来て、奥の席に座った。

「今日は、青菜を添えた鯵《あじ》の塩焼きに五目豆、ぬか漬けと豆腐とわかめのみそ汁、ご飯は白飯とむかごご飯のどちらかを選んでください。甘味《かんみ》は杏《あんず》の甘煮です」

お近が伝えた。

「そりゃぁ、もちろん、むかごご飯ですよ」

惣衛門が言う。

「うれしいねぇ。何が好きって、むかごご飯ほど、好きなものはないんだ」

徳兵衛が調子のいいことを言う。

「あたしは、むかごの少し土臭いところが好きだね」

お蔦が言う。

ご飯といっしょに炊きあげたむかごは、ほんのり甘くて、ぽくぽくとして、素朴な味がする。秋の中ごろ、ほんの一瞬、通り過ぎていく味である。

「ところでさ、俺、このごろ、少し変わったと思わないかい」

徳兵衛が何気ないふうにたずねた。そのくせ、言いたくてしかたがないという顔をしている。

「えっと……、そうですね。少し、ほっそりされました？」

お高が答えると、うれしそうにうなずいた。

「さすがお高ちゃんだよ。気づいてくれたか。そうなんだよ。ひと月ほど前から体術《たいじゅつ》を習っていてね、顔も細くなったし、腹も少しへこんだんだ。若返っただろ」

隣で惣衛門がにこにこと笑っている。お蔦は「もう、その話聞き飽きました」というふうである。江戸は剣道が大人気で、あちこちに剣道場があり、老いも若きも鍛錬を重ねている。だが、体術というのは聞きなれない言葉だ。徳兵衛によれば、剣を持たない新手の武術であるという。

徳兵衛は三月《みつき》ほど前から日本橋の翠神館《すいしんかん》道場というところに通っていた。さる大藩の門外不出の秘技で、身分の高い武士にしか教えていない体術を特別に伝えているという。

「すごいんだよ。道場主はやせた小さな老人なんだ。背も、そんなに高くない。だけど、相撲取りみたいな大きな男がね、ころり、ころりと転がされる」

「まぁ、それはすごいですねぇ」

お高は言う。隣で、お栄が疑《うたぐ》り深そうな目をしている。

――本当ですかぁ。それは、そういう約束事になっているんじゃないですかねぇ。

お高も頭から信じているわけではない。そもそも門外不出の秘技なのに、江戸に道場を開き、誰かれかまわず教えてよいものだろうか。そんな思いが顔に出てしまったのかもしれない。

「なんだよ、お高ちゃんも、お栄さんも疑り深そうな目をして。本当にそうなんだよ。すごいんだから。今度、三人で見においでよ。俺も出るから」

どうやら、表演会があるらしい。

「そりゃぁ、面白そうだ。見に行くね」

お近がのってくる。

「そうだよ。上手な人もたくさん出るから。……俺はさ、始めたばっかりなんだ。だけど先生からは筋がいいってほめられているんだ」

誇らしげに伝える徳兵衛の隣で杏の甘煮を食べていたお蔦が、つと顔を上げた。

「そこの女先生がかわいらしいんでしょ」

「あ、そうなんだよ。年は十七ってところかなぁ。大先生の孫娘でね、この人が上手なんだ。朱乃《あけの》さんっていうんだけどね」

柄にもなく照れている。飽きっぽい徳兵衛が稽古を続けているのは、そのかわいらしい先生のせいだったのか。

お高は胸のうちで、納得する。

「競争相手がいるんでしたよね」

惣衛門が笑う。

「いや、競争相手なんて、そんな……。ちょうど、俺と同じころに入門した男がいるんだよ。重蔵《しげぞう》っていってさ。年も同じくらい。そいつが俺のことを目の敵《かたき》にしていてね、俺がちょっと朱乃先生に質問をしたりするとちょっかいを出してくる」

「そりゃぁきっと、徳兵衛さんが先生に贔屓《ひいき》されているんで、悔しいんですよ」

「え、そうかい？　贔屓かい？　そんなことは、ないと思うけどなぁ」

お栄が持ち上げると、徳兵衛は目じりを下げた。


午後、店を閉めて片づけをしていると、裏の戸をたたく者がいる。開けると、おりきがいた。

「忙しいところ、ごめんなさいね。お栄さんはいるかしら」

「ああ、もう少しで終わるよ。なんだい」

「うん、別に用事ってわけじゃないんだけどね」

おりきはなにか言いたそうにぐずぐずとしている。

「よかったら、そこに座って待っていてください。もうすぐ、終わりますから」

お高は入り口近くの床几《しょうぎ》をすすめた。

「なんだよ。ご亭主とけんかしたのかい」

お栄は椀《わん》をふきながらたずねた。

「そうじゃないのよ。悔しいったらないのよ。今日、お茶のお稽古《けいこ》に行ったんだけどね」

「お茶って、あの、しゃかしゃか泡立てたり、茶碗《ちゃわん》を三度回して飲む、例のあれ？」

お近が驚いたように大きな声をあげた。

「あんたもすっかり奥様だねぇ」

お栄も驚く。

「うちの人の古いお友達の奥様に誘われたのよ。それで、先月から通っているの。うちには茶室もあるし、道具もひと揃《そろ》いあるから習ったらどうかって言われて……」

うちの人とは、鴈右衛門《がんえもん》のことである。

以前、おりきが内風呂《うちぶろ》があると自慢していたが、茶室や茶道具もあったのか。鴈右衛門と暮らしはじめて、おりきは本物の奥様になったらしい。

「何人かお仲間の奥様がいらっしゃるんだけど、なかにひとり、意地の悪い人がいるのよ。ちょっとした間違いを見つけて、先生より先に『それ、違います』なんて言うの」

「そういう人はどこにもいるよ」とお栄。

「新参者だからあたしもおとなしくしていたんだけどね、今日、あたしの近くに来て、何を言うかと思ったら。『あなた、居酒屋で働いていたんですってね。やっぱり、言葉遣いに品がないもの。お里が知れるわ』ですって。昔のことをどこから聞いたのかしら。悔しいでしょ」

「悔しいけど、本当のことだからしかたないよ」

お近があっさりと言う。

「そうよ。本当よ。あたしは居酒屋の女だったわよ。だけど、それはもう、ずっとずっと昔のことよ。そんな、大昔のことをほじくり返されても困るわ。あの人、あたしにやきもちを焼いているんだわ。だって、うちの人はそのお茶の会ではみんなに一目おかれているし、うちの人はあたしに夢中だし」

――うちの人はあたしに夢中だし。

その気持ちが態度に出て、周囲をいらだたせるのではあるまいか。そう思ったが、お高は言わない。

「女同士のお付き合いはなかなか難しいところがあるから」

お高は代わりになぐさめる。

「あんた、居酒屋にいた時分は、よくお客の取り合いで取っ組み合いのけんかをしていたじゃないか。今度も、ひとつ投げ飛ばしておやりよ」

お栄が無責任にけしかける。

「そうよね。さすが、お栄さんだわ。帰って、猛稽古する。完璧《かんぺき》にお点前《てまえ》を覚えて、どうだって見せつけてやる」

「その意気、その意気」

おりきは憤然と立ち上がると、出ていった。

嵐のようにおりきが去って、店の片づけも終わった。

お高はむかごご飯をお握りにして、竹の弁当箱に入れた。それを見て、お近が言った。

「それって作太郎さんのところでしょ。茶碗はしまっても、ご飯は持って行くんだね」

「だって、絵は進んでいますかってたずねていくのに、手ぶらってわけにはいかないでしょ」

お高の返事は言い訳がましくなる。

お握りだけというわけにはいかないから、鯵は衣をつけて揚げ、青菜と漬物も添えた。

「それで、作太郎さんの絵は進んでいるんですか?」

「どうかしらねぇ。まだ描けないんじゃないかしら」

画室には描きかけの絵が散らばっている。だが、作太郎の顔を見ると、どこか暗い。作太郎のことだ、いい方向に進んでいるのなら「ちょっと見ていきませんか」ぐらい言ってくれるだろうに。それを言わないということは、うまくいっていないのだ。

いまだ、海のものとも、山のものともいえないところを、さまよっているのではあるまいか。

　政次と三人で「銭金《ぜにかね》の話」をして以来、お高と作太郎の関係は変わってしまった。届け物をしても、玄関先で帰ることが多くなった。

　時折、部屋に通されるが、作太郎は以前のような親しげな口をきくことは少なくなった。弁当を前にしてお高が茶をいれようとすると、「いや、申し訳ない」と作太郎が腰をあげようとする。仕事の手を休めて、茶までいれてもらったら、お高としては身の置き所がないから、そうそうに退散するしかない。

「そのさ、絵が描けないってどういうこと？　だって、作太郎さんは双鷗画塾《そうおうがじゆく》で学んできたんでしょ。富士山でも、鷹《たか》でも花でも、描こうと思えばなんでも描けるんでしょ」

　お近がたずねた。

「そうなのよねぇ」

　お高もじつは、そのあたりのことはよく分からない。

　長谷勝のお寅が注文したのは六曲一隻《ろつきよくいつせき》の屏風《びようぶ》である。「扇《せん》」と呼ばれる縦長の面を六枚つなぎ合わせたもので、屏風としてはよくある形だ。

　自分ひとりで描くのは初めてだが、双鷗先生の手伝いで屏風絵は何度か経験しているから、だいたいのことは分かっていると、言われた。

「じゃぁ、ちゃちゃっと長谷勝が好きそうなものを描けばいいのに」

お近はあっさりと言う。

「そうはいかないのよ。絵描きさんは媚《こ》びちゃいけないの。あくまで自分を通さないと」

お高はもへじと作太郎の言い争いを思い出しながら答える。

「でも、それだと独りよがりになりませんか。相手があるものだから、ある程度は先方のご希望ってもんを考えないとねぇ。安いものじゃないんだし」

お栄はまっとうな意見を言う。

「そうなのよねぇ」

そのあたりのことは、じつはお高も分かっていない。媚《こび》があると言われて作太郎は本気で怒った。絵描きにとって「媚」は、もっとも忌むべきものらしい。

しかし、相手があるのだから、その人のことを慮《おもんぱか》るのは当然ではないか。

それを媚というのなら、料理人は全員お客に媚びている。

丸九ならば、朝一番に来る男たちは体を使う仕事で、みんな腹をすかせている。白飯が大好きで、腹いっぱいにしたいと思っている。だから、煮魚や焼き魚、副菜も芋の煮ころがしとか、豆腐料理とか、ご飯に合って腹にたまるおかずが喜ばれる。

旬《しゅん》の野菜や魚介は味がいい。値段も手ごろだから、たっぷり使える。皿からはみだすほどの大きな切り身、あるいは一尾丸ごとがうれしいのだ。

絵描きはちがうのか?

お高はますます分からなくなった。

「作太郎さんは何が得意なんですか？　ほら、人とか、風景とか、いろいろあるでしょう」お栄がたずねた。

「風景とか、草木の絵が得意らしいわ」

「だったら、それを描けばいいんですよ。得意なもので勝負するというのは王道だもの」

お栄が言う。

「力が入りすぎているとか。すごい傑作を描こうと思ってさ」

お近も続ける。

「私が長谷勝で、孫子の代まで伝えるべきいいものを描いてもらいますなんて言ってしまったのがいけなかったかしら」

「大金を出してもらおうっていうんです。それぐらいのこと、誰でも言いますよ。作太郎さんだって、よし頑張ろうって思ったんじゃないですか。それぐらいのことで重荷だと言われたら、お高さんの立つ瀬がないですよ」

お栄はお高の肩を持つ。

「そうだといいんだけど」

「大丈夫。いいものを描いてくれるよ」

お近も応援した。

お高はむかごご飯の弁当を持って作太郎をたずねた。

「調子はいかがですかぁ」

玄関先で、努めて明るい声をあげる。

「いや、お気遣い申し訳ないです。ありがとうございます」

作太郎が出て来てていねいに挨拶《あいさつ》した。

「むかごご飯をつくったので、いかがかなと思って。今日、丸九で出したら、とっても評判がよかったんですよ」

「いいですね。むかごご飯は私も好きです」

笑顔を見せたので、お高はうれしくなった。

「一日、部屋にこもりきりだと体によくないですよ。少し、外を散歩しませんか」

「そうしたいのはやまやまなのですが。……今、ちょうど描いていたところで」

作太郎は引っ込む。

今の作太郎はヤドカリのようだ。人気《ひとけ》がなくなると、そおっと頭を見せるが、お高が手をのばすとたちまち引っ込む。

「すみません。お忙しいですよね。いいんですよ。お気になさらないでください。お手を止めては申し訳ないです」

お高は帰ってきた。

いつの間に、こんなふうに他人行儀になってしまったのだろうと思いながら。

二

徳兵衛が体術を習っている道場の表演会があるという。徳兵衛も、日ごろの鍛錬の成果を見せるそうだ。

お高とお栄、お近の三人は谷中《やなか》にある翠神館道場の本部に向かった。徳兵衛がいつも稽古をしている日本橋の道場よりも、大きくて立派なのだそうだ。

「徳兵衛さんは何を見せてくれるでしょうねぇ。案外、ころりと転がされるほうだったりして」

お栄がうれしそうに笑う。

「かわいい女先生という人を見てみたいな」

お近は言う。

「家でも毎日、お稽古していたそうよ。たしかにこのごろ、お腹《なか》もへこんできたのよねえ」

お高も楽しみだった。

根津《ねづ》神社にご挨拶をしてから、向かいの坂道を上る。折れ曲がった細い坂道を上っていった先に、めざす翠神館道場があった。

入り口には濃紺の袴《はかま》姿の若い男がいた。丸刈りなので、修行僧のようにも見える。

「ようこそ、おいでくださいました。客人のお席はこちらでございます」

ていねいな挨拶とともに中に案内された。

「客人だってさ」

お近がうれしそうに笑う。

奥は一段高くなっていて、そこが客の席らしい。

「おや、お高さんにお栄さん、お近さんまで、おそろいで」

見れば、惣衛門とお蔦である。

「徳兵衛さんの晴れ姿を見てあげないとねぇ」

お蔦も笑顔である。

それぞれが家族はもちろん、友人知人に声をかけたのだろう。客席には二十人ほどが座っていた。惣衛門とお蔦の隣に座ると、畳敷きの道場の隅々まで見えた。

十歳くらいの子供から徳兵衛のような年寄りまで、男ばかり十五、六人が正座している。

徳兵衛はすぐにお高たちに気づいて、うれしそうに目で合図をしてくる。

その隣には徳兵衛と年格好も体つきもよく似た男が座っている。この男が競争相手か。

苦虫をかみつぶしたような顔である。

どんと太鼓が鳴って開始の合図である。

白いひげの老人が現れて挨拶を述べた。年は六十過ぎか。全身が鋼《はがね》で出来ているような感じがする。

「只者《ただもの》じゃないって感じがしますねぇ」

惣衛門がうなる。

隣には若い娘がいる。この人が朱乃さんか。

長い髪を後ろでひとつに結んでいた。藍色《あいいろ》の袴に同じく藍色の上着である。講談などに出てくる女剣士のようだ。この場合は、女体術士というべきか。かわいらしく、そのうえ、強そうだ。

「なるほどねぇ。はい、はい」

お栄がつぶやく。

「まったく、徳兵衛さんはやることが、いちいち、分かりやすくていいねぇ」

お蔦が含み笑いをした。そのとき、客席の後ろに、遅れてひとり入って来た。もへじである。

「あれぇ。久しぶりぃ」

お近がすぐに気づいて声をかけた。

「あれ、お近ちゃん。あ、お高さんとお栄さんも、惣衛門さんにお蔦さん。……いや、めずらしいところで会いましたねぇ」

もへじは少し戸惑った様子になる。

例によってお近は自分からぐいぐいと接近しておいて、その後、あっさりともへじをふったのだ。ひと回り以上も若いお近に、もへじは振り回された格好である。しかし、そんなことはすっかり忘れてしまったかのように、お近は気安くもへじを呼ぶ。

「もへじは絵を描きに来たんだよね。あたしの隣、空いているからおいでよ」

「いや、俺はここで」

「だめだよ。そこじゃ、見えないよ」

もへじは居心地悪そうに、体を揺すっている。

「お近ちゃん、もへじさんの邪魔をしたらだめよ」

お高が気をきかせて、お近をたしなめた。

もへじはやっと安心した様子になって、懐から紙と矢立《やたて》を取り出した。

再び太鼓が鳴って、いよいよ、表演がはじまった。

朱乃と大柄の男が向き合っている。

「やぁ」という掛け声とともに、男が拳《こぶし》を突き出すと、朱乃がすかさず、その腕をつかむ。

ぱっとねじりあげた。と、思ったら、男はもう床に倒れていた。

「何が起こったの？」とお高。

「速くて見えませんでしたよ」とお栄。

「つまりね、体《たい》をかわされて、腕をこう、こっちに引っ張られたから、男の体勢がくずれたんですよ」

惣衛門が解説する。

ほかの観客たちもざわざわと騒いでいる。

そっともへじの方を見ると、食いつきそうな顔で見つめていた。

ふたりが去ると、今度は男ふたりだった。同じように向き合い、片方が拳を突き出す。もう片方がそれをつかむ。

「やぁッ」

男は倒れ、もう片方がその腹を肘《ひじ》で打っている。

その次は、背中から落ちた。

また、朱乃が登場する。向かってくる男をかわし、足をぽんと蹴る。男はすとんと倒れた。

どうやら、攻撃をかわしつつ、相手の勢いを利用して倒すという技らしい。

「徳兵衛さんの話は、ほんと、だったんですねぇ。あたしはてっきり、眉唾《まゆつば》ものだと思っていましたよ」

お栄がささやく。

「はは、それはかわいそうですよ。まぁ、もっとも、こんなふうに相手を倒せるのは相当な熟練が必要でしょうけどねぇ」

惣衛門が笑う。

「かっこいいねぇ。あたしも習いたくなっちゃった」

お近は目を輝かせた。振り返ると、もへじが真剣な表情で、絵を描いていた。

上級者の模範演技の後に、徳兵衛たち初心者の表演があった。

ふたり一組で向かい合う。さきほどと同じように、「やぁ」などと掛け声とともに拳を打ち出すが、もう片方はその腕をつかまない。真似《まね》をするだけだ。

どうやら、最初は型を身につけるだけらしい。

徳兵衛が向き合っているのは、隣にいた老人である。これが、例の重蔵か。

にらみあっている。

徳兵衛が拳を突き出した。重蔵がつかむふり。と、思ったら、肘をぶつける。徳兵衛の顔つきが変わった。

「あれれ、今、肘が当たりましたよ。わざとですかねぇ」

惣衛門が言う。

　今度は重蔵が拳を突き出す。徳兵衛はよろけたふりをして、重蔵の足を踏む。

　重蔵の顔が真っ赤になった。

「何しやがるんだよ」

「なんだよ、てめえが先に、こっちの肘を打ったんだろ」

　ごそごそと言い合っている。

「そこのおふたり。どうしたんですか？」

　朱乃先生が声をかけた。

「いや、なんでもないですから」

　答える徳兵衛の背中を、老人がよろけたふりをしてこづく。

　目を吊《つ》り上げて振り向く徳兵衛。

「やりやがったな」

　ぽかり。

「ちぇ。こうしてやる」

　ぽかり。

「いてぇ」「くそっ」「この野郎」「馬鹿野郎」

「何をしているんですか、やめてください」

　朱乃先生が止めに入る。上級の生徒がふたりを引き離した。

「だまれ、くそじじい」「なんだと。どっちが、じじいだ」「じじいと言うやつがじじいだ」

なおも、口から泡を飛ばして言い合っている。まるで子供のけんかである。

ほかの生徒たちはあきれ顔でながめている。

「いい加減にせい」

道場主の老人が一喝《いっかつ》する。

ぱっと両手を広げたと思ったら、徳兵衛と相手の老人は弾《はじ》き飛ばされ、床に尻餅《しりもち》をついていた。

「あら」

お高は目を丸くした。

「おお、すごい技ですねぇ」

惣衛門がうなる。

「あの先生は本物ですねぇ」

お蔦がうなずく。もへじは夢中になって筆を走らせていた。

徳兵衛と重蔵のために、とんでもないことになってしまった表演会が終わり、みんなで道場の入り口で待っていると、徳兵衛がしょげた様子で出て来た。

「徳兵衛さん、大丈夫でしたか。破門になったんじゃないですか？」

惣衛門がやさしい声でたずねる。

「今回だけは許してくれるってさ」

あまりのばかばかしさに、道場主も呆《あき》れたのではあるまいか。

「もう、子供じゃないんですから」

「わかっているよ」

「怪我《けが》がなくて、よかったじゃないか」

「みんなさ、今日のことは、うちのやつには黙っていておくれよね」

「もちろんですよ。大丈夫、言いませんから」

そのとき、お近がなにやら手渡した。

「徳兵衛さん、もへじが、これをって」

広げて見ると、徳兵衛の姿である。

「ほう、これは……」

徳兵衛の顔がぱっと輝いた。

当然である。絵の中の徳兵衛は師範と同じようなきれいな型を見せている。

「本当に、これ、俺？　俺はこんなふうにできてる？」

「うーん、そうですねぇ。まぁ、この通りかしら」

お高が言葉をにごす。

「すごいなぁ。本当に俺は、こんなふうに体を動かしているのか」

すっかり機嫌を直して、無邪気に目を輝かせる。

「まぁ、もへじさんのことですからね、多少はうまく見せているんですよ」

あまり調子にのせてはいけないと、お栄がやんわり釘《くぎ》を刺す。

「ありがとう、大事にするよ。……それで、もへじさんはどこに行った？」

「うん。用があるから帰るって」

お近が言った。

「もへじさんに相談したいことがあったのに」

お高は残念だった。

ヤドカリのようになってしまった作太郎に、なんと声をかけたらいいのか教えてもらいたかったのだ。

「もしかしたら坂の上の幽霊寺《ゆうれいでら》じゃないですか。作太郎さんともへじさんの友達のお墓があったじゃないですか」

お栄が言った。

「ああ、そんなことを言っていた」

お近も続ける。

幽霊寺とは、本当の名前を浄光寺《じょうこうじ》という。幽霊の絵がたくさん納められていて、年に一度、お盆のころに開帳されるのでそう呼ばれる。

同時に、浄光寺には森三の描いた涅槃図《ねはんず》『花宴《はなのえん》』と森三の墓もある。

「そうかもしれない。行ってみるわ」

お高はお栄とお近と別れて、浄光寺に向かった。

かつては沢で、小川でも流れていたのかもしれない。折れ曲がりながら細い道が続き、両側から枝をのばした木々が黒い影を落としていた。

最初に浄光寺をたずねたのは、お盆のころ。恐ろしい幽霊の絵を見ようと、お栄とお近の三人でやって来たのだ。境内《けいだい》は同じように、幽霊画を見に来た人々でいっぱいだった。

子供を抱いた母親の幽霊、ただれた顔の女の怨霊《おんりょう》、骨をかじる山姥《やまんば》。恐ろしい、悲しい、不気味なものたちの絵を三人でながめ、本堂の裏手の最後の部屋に行くと、思いがけず作太郎が来た。

正面の壁にかかった涅槃図をながめた。

それは見たこともないような悲しい涅槃図だった。

釈迦《しゃか》の入滅《にゅうめつ》を描いた絵なのに、釈迦の姿はなく、代わりに中央には枯れてひび割れた松があった。びょうびょうと風が吹き、周りに集まった弟子たちも萩《はぎ》や女郎花《おみなえし》、牡丹《ぼたん》に桜とさまざまな花の姿で表されている。花は散り、葉は枯れ、つぼみは固いまま首を垂れている。灌木《かんぼく》は風になぎ倒され、地面に伏した草は枯れてねじれている。

この世のすべてが滅び去ってしまったような悲しい絵だった。

その前の部屋には、人の世のありとあらゆる苦しみ、悲しみ、恨み、呪《のろ》いがうずまいていた。けれど、涅槃図には、そうした生々しい感情はなかった。あるのは、底なしの空虚、絶望だ。

こんな悲しい絵を、いったい誰が描いたのだろうと、お高は思った。

作太郎から、森三という親友の絶筆であったと教えられた。

さらに、その後、英《はなぶさ》のおりょうがかつて作太郎の許嫁《いいなずけ》だったと知った。

作太郎と少しずつ親しくなり、華やいだ気持ちでいたお高が、作太郎という人の陰の部分を知った日でもあった。

お高は足を速めた。

甲高《かんだか》い声で鳴き交わしながら、鳥たちが飛び去った。

「順を追って考えてみなくっちゃ」

お高はつぶやいた。

作太郎ともへじ、森三は双鷗画塾でともに学んだ仲間である。入塾した時期もほとんど変わらない。そのとき作太郎ともへじは十六歳、森三はふたつ下の十四歳。おりょうも十四歳。許嫁として、すでに作太郎一家とともに英で暮らしていた。

作太郎ともへじ、森三の三人はすぐに頭角を現した。助け合い、励まし合う友人で、英にもよく来ていたという。とくに森三は、体が小さく、かわいらしいので、みんなにかわいがられていたそうだ。

五年の修業を経て、それぞれ師範代などとなり、本格的な学びがはじまる。そうして時が過ぎていった。三人は相変わらず仲がよく、作太郎は絵にまい進している。

それが変わったのは、森三が涅槃図を描いて亡くなったときからだ。

「森三さんが亡くなったのは九年前の夏」

お高は指を折って数える。作太郎ともへじは二十七歳、森三は二十五歳。

この年の晩秋、作太郎の父、英の主《あるじ》の龍右衛門《たつえもん》も亡くなっている。

以前、浄光寺の住職から聞いた話によると、森三は一年をかけて、この寺の幽霊画をすべて模写したという。そして言った。

――じつは、涅槃図を描きたいと思っている。でも、自分は僧侶でもないし、仏のこともよく知らない。それでもよいだろうか。

住職は「お心のままに描かれればよいのでは」と答えたそうだ。

森三は涅槃図の制作に取りかかる。それが九年前だった。

体の弱い森三のため、作太郎やもへじも手を貸す。ほとんど泊まり込みのようにして、仕上げたという。

完成した涅槃図はすばらしい作品だった。

だが。

お高は首を傾《かし》げた。

なぜ、あの絵はあんなに淋《さび》しいのだろう。

その後、森三は新しい作品に向けて意欲を燃やす。

作太郎を箱根《はこね》での写生へと誘う。

だが、作太郎は行けなかった。おりょうが懐妊したのだ。もっとも、それは間違いだと後から分かったのだが。

作太郎が箱根行きを断ると、森三はひどく怒ったそうだ。ひとりで箱根に行き、雨にあたり、風邪《かぜ》をこじらせて病の床につく。

その後、亡くなる。

作太郎からは、自ら命を絶ったと聞いた。だが、双鷗は風邪をこじらせたと言っていた。

森三がどんなふうに亡くなったのか、そのあたりのことは、よく分からない。踏み込んで聞くのもはばかられる。

そのすぐ後、英の主で作太郎の父、龍右衛門が亡くなる。作太郎とおりょうは祝言《しゅうげん》をあげ、作太郎が英を継ぐという流れになるはずだったが、実際は逆である。許嫁の話は流れ、作太郎は英からも、絵からも離れてしまう。作陶《さくとう》をすると言って、各地の窯元《かまもと》をたずね歩くようになった。

お高が作太郎と出会ったときも、そんなふうだった。

遠くに子供の声がした。

お高はさらに考える。

まだ、浄光寺は見えてこない。

作太郎が不在の間、英を守っていたのはおりょうだ。

英は次第に傾き、とうとう店を閉めることになる。

作太郎はおりょうの身の振り方について腐心をしていた。ありがたかったにちがいないが、おりょうが求めていたのは、きっともっと違うことだ。ふたりで力を合わせて、英を守《も》り立てていくことではなかったのか。

作太郎はやさしい。傷つきやすい。

ときに、わがままで自分勝手だ。

それは作太郎は絵を描く人だからだろうか。

あの穏やかで、人の好《よ》さそうなもへじでさえ、絵を描くときには違う人になると、お近は言った。

――もへじの中にはふたりのもへじがいるんだよ。片方はのんきで面白いもへじだけど、もう片方は絵を描いているときの、怖いほど真剣で、邪魔されると怒るもへじだ。

——絵を描いているとき、もへじがいるのは万花鏡《ばんかきよう》の中のようにきらきらして、きれいな音楽が聞こえて、楽しくて面白くてすごい夢のような場所なんだ。……でも、そこにあたしは連れて行ってもらえないんだよ。あたしはそれを遠くで見ているだけ。そんなの淋しいよ。

お近が感じたような淋しさをおりょうも感じていたのだろうか。

お高はそこまで考えて、ため息をついた。

屛風絵の話が決まってからわずかの間に、作太郎の見方がずいぶん変わってしまった。

以前の、ときめく気持ちは消えてしまった。

それでも、と、お高は思う。

作太郎には絵を描いてほしい。長谷勝の注文にこたえるためではなく、これからの暮らしのためでもなく、作太郎自身のために。絵を描く人でいてほしい。

道が折れて、脇道が見えた。

以前、お栄とお近と三人で浄光寺に向かっていたとき、脇道からもへじが突然現れて驚かされた。それがこの道のはず。浄光寺の裏手の墓地に通じる道だ。

周囲は木立に囲まれ、中は碁盤の目に仕切られて、石畳の道が続いていく。新しいもの、苔《こけ》むした古いもの、さまざまな墓石が並ぶ。

奥の日当たりのいい一角に森三は眠っている。

けれど、そこにもへじはいなかった。

お高は森三の小さな墓に手を合わせた。

墓の向こうに伽藍《がらん》の屋根が見えた。お高はそちらに向かって歩きだす。

すみずみまで掃き清められ、つわぶきやあじさいや、そのほか、さまざまな草木が植えられている。

境内を歩いてみたが、もへじの姿はなかった。

三

お高はもへじをたずねることにした。もへじと仕事の付き合いのある地本問屋《じほんどいや》、藤若堂《ふじわかどう》をたずねると、千駄木《せんだぎ》の菊坂《きくざか》の住まいを教えてくれた。

最初、日本橋、神田界隈《かいわい》で借家を探していたが、やぎがいるのであちこちで断られ、とうとう菊坂まで離れることになったそうだ。

日本橋から神田、上野《うえの》広小路《ひろこうじ》を抜けて千駄木に至る。なかなかの距離である。急坂を上っていると、途中の生垣からやぎが顔を出していて、もへじの住まいだと分かった。

「おや、お高さん。いや、先日はどうも。今日はどうしました？」

もへじはお高の顔を見ると、いつもの穏やかな笑みを浮かべた。もへじというのは、

「へのへのもへじ」に似ているからとついたあだ名である。平らな顔に下がり眉だ。

玄関を上がると、中は板の間である。襖《ふすま》を取り払って、十五畳くらいのひと間にしている。若い男がふたり、絵を描いていた。窓辺に文机《ふづくえ》があるのは、もへじのものらしい。

「お弟子さんがいらっしゃるんですか？」

「いやいや、ちょいと、ここのところ立て込んでいるんで、手伝ってもらっているだけですよ。俺なんか、まだまだ弟子をとるほどの者じゃないですよ」

もへじは謙遜《けんそん》した。

文机のまわりに散らかっている紙を片づけてふたりで座る。すかさず若い男が茶を運んできた。今やもへじは立派な「絵描きの先生」である。

「あれきり会っていないけれど、作太郎は元気ですか。ちゃんと絵を描いていますか」

「それが、よく分からないのです。ときどきお弁当を届けているんですけど、家に上げてもらえないことも多いし、散歩でもと誘っても絵を描いているからと断られます。貝から顔をのぞかせるけれど、物音がするとたちまち引っ込むヤドカリみたいなんです」

「ヤドカリですかぁ。うーん、それは……、まずいなぁ」

もへじは顎《あご》をなでた。

「私、考えたんですけれどね。一度、原点にもどるっていうのはどうですか？」

「原点と言いますと」

「森三さんが涅槃図を描いていたころの気持ちを思い出してもらうってことです。そのころ、三人は仲良しで、もへじさんと作太郎さんは森三さんを助けていたんでしょう？　ぎくしゃくしてしまったのは、絵が完成してからです」

「たしかにね」

「森三さんは次の絵を描く準備をしていた。作太郎さんも、同じように絵に向かうと思っていた。ところが作太郎さんはおりょうさんのことなどがあって、絵に集中できなくなってしまった。森三さんはがっかりした。それで、諍《いさか》いになった」

「……うーん、まぁ、森三は絵に対しては一途《いちず》な男でしたからね」

「その後すぐ森三さんは亡くなって、作太郎さんは仲直りの機会を失った。だから、そのときの後悔をずっと引きずることになってしまう。だけど、森三さんの本当の気持ちは、これからもおふたりには絵を描いてほしいということじゃないかと思うんですよ。自分ができなかったことを、おふたりに託した。違いますか？」

「そう思ってくれたのならうれしいなぁ。森三はよく、俺たちがいるから頑張れるんだというようなことを言っていたから」

もへじは遠くを見る目になった。

「立ち入ったことを聞いてもいいですか。森三さんが亡くなった理由です。自ら命を絶ったというのは、本当ですか……」

「……それは、作太郎から聞きましたか？」

「はい」

もへじはしばらく黙り、重い口を開いた。

「入水《じゅすい》したんですよ。夏の夜に。明け方、その辺りを通る船頭が見つけた。遺書はなかったけれど、ほかに考えられない。森三は酒も飲まないし、そもそも、その場所はふだんから人通りが少ない。まして夜なんか……誰も通らない」

「だから、覚悟の……」

「まぁ、そういうことです。それで、お高さんは、どうするつもりなんですか」

「たとえば、森三さんが描き残した下絵はないでしょうか。それを、作太郎さんに見てもらう。できれば、その下絵を元に、新しい絵を完成する。……以前は、作太郎さんが森三さんを助けたでしょう？　今度は亡くなった森三さんが作太郎さんを助けてくれるかもしれない」

もへじは黙った。そうして、宙を見つめている。

「素人《しろうと》考えですすみません」

「いや、いいんですよ。いいんです。お高さんが作太郎のことを真剣に考えていることがよく分かります。だけど、大丈夫かなぁ。荒療治だなぁ」

「……やっぱり、そうですよね」

「おりょうさんが懐妊したらしいと、作太郎が森三との約束を反故《ほご》にしたことがあったんですよ。森三はひとりで出かけて雨にあたって風邪をひいた。見舞いに行った作太郎に言ったそうなんです」

――作太郎はもう本気で絵を描かないんだろ。だったら、僕が作太郎の絵を描く力を、もらっていくよ。

お高はその言葉の重さに息を飲んだ。

「意地が悪いでしょ。森三はね、ときどき、そういう底意地の悪いことを言うんですよ。ちょっとね、ひねくれているところがある。まぁ、天賦《てんぷ》の才だからね。……森三は子供のころから体が弱くて、あいつが寝込むっていうのは、俺たちとはわけが違う。熱が高くて、それが何日も続く。往診に来た医者があわててるんですよ。……そんなふうに高熱で苦しんでいるときに言われて作太郎はまいった。だって、元はといえば、全部、自分のせいだもの。あいつだって、本当は分かっているんですよ。おりょうさんのことも中途半端。英の跡取りの件も曖昧《あいまい》にしている。絵だってそうだ。森三はね、正真正銘、命を削って描いている。ふつうに考えたら、あの状態で涅槃図なんか、描けるはずがないんだ。俺と作太郎が手伝うことにしたのも、そうしなかったら、本当に死んでしまうと思ったからだ」

「そういうことだったんですね」

「だからね、自分の命には限りがあると思っている森三にしたら、作太郎は歯がゆい。腹立たしい。なんで、もっと、ちゃんと絵を描かないんだ、本気出せよって。俺だってそう思う。時を無駄にしてばかりいる。……作太郎は天才なんです。だけどね、天才だからって、すぐに世に出られるってわけじゃない。十年、二十年、本気で頑張って、世の中に気づいてもらえるかどうか。もしかしたら、みんながあいつの真価に気づくのは、あいつが死んだ後かもしれない」

「絵の道は果てしないんですね」

「そうですよ。高い山なんです。ものすごく高くて険しい。才のある者だけがその山を登れる。だけど、登るときはひとりだ。自分の力だけが頼りです」

「作太郎さんは、今、そのことに向き合おうとしているんでしょうか」

「たぶんね。俺はそうであってほしいと思っているけど」

沈黙が流れた。

「……分かりました。やってみましょう。絵は俺が探します。浄光寺さんに見せた下絵が残っているかもしれないし、双鷗先生も持っているかも分からない。でも、作太郎にその話をする役はお高さんにお願いします」

「私が、ですか」

できるだろうか。不安になった。

「大丈夫。俺の言うことはたぶんね、聞きたくない。双鷗先生のところにも近づけない。

あれもだめ、これもだめって、できない理由ばかりあげる。そのくせ焦っている。今、作太郎に何か言えるのはお高さんだけだ」

もへじはやさしい顔で言った。

丸九に戻ってくると、おりきとお栄がいた。

「すみませんねぇ。ちょっと、ここをお借りしました。今ね、おりきさんにお点前《てまえ》を見せていただいているところなんですよ」

お栄がちろりと舌を出す。

「もう、やめてよ。お茶はこりごりなんだから」

おりきが口をとがらせた。目元が少し赤い。泣いていたのだろうか。

「例のどこぞの奥方にね、今度は着物のことで文句を言われたんですってさ。帯と着物の格がちぐはぐですって」

「ちゃんとお師匠にも、それからうちの人にも確かめたのよ。そうしたら、お客様なんだから好きな着物を着ていけばいい。お洒落《しゃれ》していくのも、礼儀のうちだって」

「そういうものなんですか」

お高がたずねた。

「そうらしいわ。で、あたしは色無地に織の袋帯《ふくろおび》をしめていったの。そうしたら、そういう組み合わせはありませんって。もう少し、お勉強をされたほうがいいんじゃないですかって。ねぇ、帯と着物の格が違うっていうのは、あたしと鴈右衛門さんのことをあてこすっているんでしょ」

「間違いなくそうだね」

「なんで、そこで納得するのよ」

おりきの声が高くなる。

「まぁまぁ、落ち着いて」

お高が戸棚からせんべいと炒《い》り豆を出してくると、おりきはさっそく炒り豆に手をのばしてぽりぽりと食べた。

「所詮《しょせん》は付け焼刃なんだからさ、あんたもおとなしくしてりゃぁいいんだよ。炒り豆をかじってるときの顔は、やっぱり居酒屋の女だよ」

「失礼しちゃうわ。もう、くやしい」

「考えてごらんよ。そこにお集まりの奥様方にしてみたらさ、自分が死んだら、亭主はこういう女を家に入れるのかって思うわけさ。腹が立たないわけないよ」

「しょうがないわよ。死んじゃったのが悪いんでしょ。男は一歳でも若い女がいいのよ」

「おお、あんたは正しいよ」

言うだけ言って、おりきも気がすんだらしい。ふいににっこり笑った。

「そうね。もう、お茶のお稽古はいいわ。だいたいのところは分かったし。あたしに言わせればね、あのお茶の会に来る人はかわいげってもんがないのよ。あれじゃぁ、ご亭主が気の毒」

おりきは立ち上がった。

「うちの人の好物でも買って帰るわ」

「ああ、そうしな。風呂もわかしてさ」

おりきはすっかり機嫌を直して出ていった。

「すみませんねぇ。なんだか、勝手に丸九を使わせてもらって。通りを歩いていたらおりきに会ってね。なんだか、べそかいているんですよ。茶屋ってわけにもいかないから、つい、丸九で話そうかってことになって」

「いいのよ。気にしないで。かまわないんだから」

お高は答えた。

夕方、もへじが絵を届けてくれた。

「こちらは浄光寺のご住職から預かってきたものです。記念に取っておいたそうです」

袱紗《ふくさ》を開くと、こよりで綴《と》じた冊子のようなものが出てきた。お高は思わず声をあげた。

「あら、最初はこういう絵だったんですか」

伝統的な涅槃図《ねはんず》の型を踏襲しているのだろう。中央に釈迦が横たわり、その周囲に弟子たちが集まって手を合わせて祈ったり、泣いたりしている。脇には満開の桜の木があり、花びらが散っている。

弟子たちの顔はごく簡単に描かれているが、鼻が高い。着物も南蛮《なんばん》風で、上半身は裸で腰に布を巻いただけの男もいる。

「涅槃図で桜を使うと聞いて驚いたんですよ。作太郎はなぜ桜なのか、分からないなんて言った。……それで、次に描いたのが、これ」

次の絵は釈迦も弟子たちも日本風の顔と装束《しょうぞく》になっている。空には雲がかかり、桜が散っている。しかし、なんとなく妙な感じがしないでもない。

「……なんて言ったらいいんでしょうか」

「そうですよね。木に竹を接《つ》いだようってのは、このことだ。作太郎も『源氏絵巻だね。代案がないのに、意欲は買う』って言って、森三を怒らせた。『お前なら、どう描くつもりだ。代案がないのに、勝手なことを言うな』って言い返したな」

「まぁ」

「でもね、この花の描き方はみごとです。筆の運びもさすがなんです。俺ではこうはいかない」

もへじが指で示す。

「つまり、これがごく最初の段階。とにかく森三は自分らしい、自分にしか描けない、涅槃図を探していたんです。きっと、このときは、自分でもぼんやりとして、何もつかめていなかったんだと思います。今の作太郎と同じですよ」

「おっしゃる通りに傑作を描く前の苦心だったら、うれしいんだけれど」

「俺もそう思いたい。それから、これは双鷗先生のところからお借りしてきたものです」

もへじは巻紙を取り出した。ほどくと、墨の線で描かれた絵が出てきた。

それは、さきほどの桜の絵とは明らかに違っていた。

冷たい岩肌を風にさらしている高い山の姿らしい。岩山は峰を連ねてどこまでも続いている。だが、麓《ふもと》には桜の木があって花が咲いている。

絵のことはよく分からないお高だが、一瞬で絵の世界に引き込まれるような力があった。墨一色で描かれているのに、春の野の淡い色を感じた。

「これも涅槃図なんですか」

「そうです。さっきのとは全然違うでしょう。これを見たとき、やられたと思った。森三は俺と作太郎をおいて、はるかな高みに上ってしまった」

「でも、人物がありません。それでも、いいんですか」

「うーん、どうだろうな。森三が涅槃図と思ったんなら、涅槃図なんだ」

「そういうものなんですね」

お高はもう一度、その下絵をながめた。はるか遠くの山々は厳しい姿をしているが、桜の花が咲いているせいか風景はのどかな感じがした。

「この絵は明るいですね。色がついたら、楽しい絵になりそうな気がします」

「そうですよね。出来上がった絵が見たかった。双鷗先生もほめていたのに、どうして森三はこの絵を描きあげなかったんだろう。今ある涅槃図も悪くないけど、俺はこちらのほうが好きだ」

「私も、そうです」

お高はもう一度、その下絵をながめた。そして、浄光寺の伽藍にかかっているところを想像した。たくさんの酷《むご》くて、恐ろしい幽霊の絵を見た最後に、こののどかな、人の心を温かくする絵がある。穏やかな幸せな気持ちになるのでは、ないだろうか。

「まぁ、ともかく俺の仕事はここまでです。この先はお高さんですよ。この絵を見て作太郎はなんて言うか。ともかく、何かが起こるはずだ」

「ありがとうございます。やってみます」

お高は言った。

もへじから預かった絵を抱え、作太郎の家に着いたころには、すっかり日が暮れていた。

「ごめんください。丸九の高です」

玄関先で明るい声で呼びかけた。作太郎が顔をのぞかせた。

「今日は特別にお目にかけたいものがあるんですよ。お時間はとらせません。ぜひ、中で見ていただきたいんです」

困った顔の作太郎に案内されて、お高は部屋に上がった。玄関を入ってすぐの座敷に行くと、風呂敷《ふろしき》包みを開いた。

「この絵なんです」

森三が最初に描いた桜の絵をおいた。意外にも作太郎の顔がほころんだ。

「ああ、これですか。急にいらして、特別になんて言うから、何を見せてくれるのかと心配しましたよ。どこにありました？」

「浄光寺さんです。お借りしてきました」

「そうか。ご住職が持っていてくださったんですね。森三のやつ、突然、涅槃図を描きたいと言いだしたんですよ」

作太郎は目を細めた。

「次はこちらです」

「これも浄光寺さんですか？　そうそう、桜だ。あいつは、どうしても桜を組み合わせたいと言いだした。だけど、どうしていいのか分からなくなったんだな。源氏絵巻みたいになってしまった」

思い出話をするときの顔になった。

「最後の絵はこちらです。双鷗先生からお借りしてきました」

巻紙を広げて、墨の線で描いた最後の絵を見せた。

作太郎の目が一瞬鋭くなった。

何も言わず、じっと見ていた。

やがて顔を上げると、たずねた。

「この絵を私に見せようと言ったのは誰です？　もへじですか？」

「絵を借りてきてくださったのはもへじさんです。けれど、森三さんの絵を見せたいと言ったのは私です」

「お高さんが？」

「はい。私は絵のことは分かりません。でも、作太郎さんが苦しんでいらっしゃるのは分かります。私、ずっと考えていたんです。どうしたら作太郎さんにいい絵を描いてもらえるか。……いい絵っていうのは、作太郎さん自身が納得する、こういうものを描きたかったと思える、そういう絵のことです。……私は作太郎さんに絵を描いてほしいんです。屛風絵のためだけじゃないですよ。もちろんそれもありますけれど、……作太郎さんは絵描きさんだからです。以前、私におっしゃったじゃないですか。子供のころから絵を描くのが好きだった。お母様と離れて英《はなぶさ》で暮らすようになってからは、絵がなぐさめだったたって。

絵を描くために生まれてきたような人なのに、描くのをやめてしまった。……それは、苦しいことじゃないですか？」

作太郎は困ったような顔をした。

「絵を描かなくなってしまって。……もちろんその間も陶芸で絵付けをしたり、双鷗先生のお手伝いをしていたけれど、本当の意味で絵に向き合わなくなって、もう九年にもなるんでしょう」

「そうだな。九年だ」

「ご自分が思っているよりも、ずっと長い期間ではないかと思います。勘が戻らないこともあると思います。だから、どうしたらもう一度、絵を描けるようになるのか考えたら、作太郎さんが楽しんでご自分の絵を描いていた時代に戻って、もう一度、そこからやり直したらいいのではないかと思ったんです」

「……それで、この絵を借りてきたのか」

「ええ。森三さんが涅槃図を描いていたとき、その仕事場にもへじさんと作太郎さんも泊まり込んで、毎日手伝ったんですよね。三人で夢中になって。ほかのことは、なにもかも忘れて、絵のことだけを考えて」

作太郎は遠くを見る目になった。

「そうだった。あのときは、本当に楽しかった。この岩山と桜の下絵もよかったけれど、その次に描いてきた『花宴』の下絵はさらによかったんですよ。簡単な墨の線なんだけれど、力がみなぎっているっていうか。……出来上がりを早く見たいと思った。……完成が近づくと、森三はほとんど寝ていなかった。私やもへじが少し眠ったほうがいいと言っても、眠りが浅くて、すぐ起きてしまう。頭が痛い、体じゅうがぎしぎし鳴るなんて言いながら、筆をとっていた。目がぎらぎら光ってね、触れると火花が散るみたいなんだ。絵が出来上がったのは、真夜中だった。それまで、絵の真ん中に枯れ枝が横たわっていただけだったのに、森三が筆を入れたら仏様になった。涅槃図になったんだ。まったく、すごいやつだ。とんでもない絵を描いた。私はその場に座り込んだ。見たら、森三が泣いているんだ。もへじも。それでね、三人で抱き合って泣いた。その後、もう一度絵をながめたら、あんまり淋しい光景だったんで驚いた。森三が言ったんだ」

――ああ、僕はもう、空っぽだよ。

「あのとき、空っぽになったのは森三だけじゃないんだ。私も、空っぽになった。そのときは気づかなかったけど、何日かして、自分の絵を描こうとしたときにはっきりと気づいた。描けないんだ。森三の光のほうが大きくて強いから、あの男といっしょにいると、私の中にあるものはみんな吸い取られてしまう」

お高は驚いて作太郎の顔を見た。作太郎は悲しげな顔をしていた。

「本当のことを言うとね、この岩山と桜の絵を見たときも、そんな予感があったんだ。なんだか、わけがわからないような、背中がぞくぞくするような。だから、つい、言ってしまったんだ」

——桜にこだわらないほうがいいんじゃないのか。

「森三はすごい顔をした。『作太郎は気に入らないんだね。僕は作太郎が絶対気に入ると思っていたのに。いいよ、わかった。考え直すよ。もっといいものを考えるから』と言われた。そして、その言葉通り、あの『花宴』の下描きを持ってきた」

「……よく分からないんです。そんなふうに森三さんのことを恐ろしいと思いながら、『花宴』をもへじさんと手伝ったんですよね。そうして、そのときは楽しくて、夢中になって、絵が出来上がったときは感激したんですよね」

「そうですよ。だって、あれはすごい作品だもの。そういう作品に関われたことが、ともかくうれしかった。……すみません。分かりにくいですよね。ともかく、私の中には憧れと嫉妬《しっと》と誇りと友情と、そういういろいろなものがいっしょになって渦巻いていたんですよ。涅槃図が出来上がって、森三は新しい絵を描くと言った。手伝ってほしい、いっしょに写生に行きたい。いろんなことを言う。森三は私を頼りにしていた。だけど、それは、私の力が奪われるということでもある。もう、これ以上森三といたらだめだ。このままではいけない。そう思っていたら、おりょうが身籠《みごも》ったという話を聞いた。いい理由が出来たと、私は断った。森三は落胆し、あてつけのようにひとりで箱根に行った。それからも、いろいろあって、結局あいつは死んだ」

お高は作太郎の顔を見つめた。

語り終え、小さくため息をついた作太郎はひと回り小さくなったような気がした。

「……森三さんが亡くなったのは、ご自分のせいだと思っていらっしゃるんですか？」

「私も理由のひとつだったことはたしかだ。あの男は死んだ。私は罰を受けた」

「そんなふうにご自分を責めたらだめです。お友達だったんでしょう？　たくさんのいい思い出のある、親しいお仲間だったんですよね」

「絵を描かなかったら、私たちは友達にはなれなかった。だけど、絵を描いていたから友達ではいられなくなった。今のもへじだって同じことだ。……もへじに心配をかけているのは分かっているのに、だけど、ぶつかってしまうんだ。それは、もへじのせいじゃない。私の弱さだ」

お高は言葉を失って三枚の絵をながめた。

一枚目から二枚目、そして三枚目へと大きく変わっている。

とくに、二枚目と三枚目は別の人が描いたようだ。

『花宴』の下絵はどのようなものだったのだろうか。この岩山と桜の下絵から、さらに大きく前進していたのか。

「この三枚の絵をしばらくお借りすることはできるんですか？　ゆっくりながめて、いろいろと考えてみたいと思います」

作太郎は静かな声で言った。

四

五と十のつく日、丸九は夜も店を開ける。その日は、かますの一夜干しに、ごぼうとにんじんのきんぴら、豆腐をみそ漬けにしたものと、あおさのみそ汁、走りの黄柚子《きゆず》を蜜にして白玉《しらたま》団子にかけている。

早々と惣衛門とお蔦が来たけれど、まだ徳兵衛が来ない。

「あら、今日はごいっしょじゃないんですか」

お高がたずねると、惣衛門がにやりと笑った。

「ほら、例の体術の稽古の日だから、終わったらひと風呂浴びて来るそうですよ」

「まだ、続いているんだってさ。飽きっぽい徳兵衛さんにしちゃぁ、偉いよねぇ」

お蔦が感心したような声を出す。

「例の競争相手とはどうなったんですかねぇ」

お栄がうれしそうにたずねる。

「相変わらずらしいですよ。先生やまわりが気を遣って近づけないようにしているそうです。まぁ、あの人は何ごとも手がかかりますから」

惣衛門が言う。

「男ってのは焼きもち焼きだからね。あの若い女先生が自分とあっちと、どっちを向いているかなんてことで、やきもきしているんですよ」

お蔦が見てきたように言う。

そんな話をしていると、徳兵衛がやって来た。風呂あがりの肌はつやつやして、機嫌がいい。

「ああ、お待たせ、お待たせ。やっぱり体を動かした後は気持ちがいいねぇ。五歳は若返ったような気がするよ」

「お腹もすいているんだろ」とお蔦。

「そりゃぁ、もう。少年のころに戻ったような感じだよ」

「いやいや徳兵衛さんは今も、心は少年ですから」と惣衛門。

お近が運んできた膳に徳兵衛は目を輝かせた。

「今日はかますの一夜干しかぁ。いいねぇ。何が好きかって、かますほど好きなものはないんだ。えっと、これは何？」

「豆腐のみそ漬けです」

お近が伝える。

「うん。乙《おつ》な味だ。酒が進むね」

目を細める。

鴈右衛門とおりきもやって来た。

「いやいや、みなさん、こんばんは」

鴈右衛門は海老茶《えびちゃ》の着物で、おりきは灰緑の江戸小紋《こもん》に黒の帯。よく見ると、鴈右衛門の羽織紐《ひも》とおりきの帯締めがおそろいだ。

「まぁ、いつも仲のよろしいことでお幸せで」

目ざとく見つけてお蔦がほめる。

「いやいや、家の飯もいいけれど、たまには外に出てみようかってことになりましてね」

「ああ、そりゃぁねぇ。おりきさんが腕によりをかけて、ご飯をつくっているんでしょ」

「うちの人がまた、おいしい、おいしいって言ってくれるから」

お栄を受けて、おりきは得意の顔になる。

「私は抹茶が好きでね、ときどき、おりきにたててもらうんだけど、何日か前から、おりきのいれる茶が妙に苦くなったんですよ。どうしたんだって聞いても、教わった通りにたてているって答える。よくよく聞いてみたら、早く上手になりたくて稽古を重ねているってんだ」

正確には、早く上手になって、意地悪な先輩を見返したいからであるが、さすがにそこまでは鳫右衛門は知らないらしい。

「おりきさんは、何ごとも一所懸命ですからねぇ」

　惣衛門がうなずく。

「茶道師範になってもらいたいわけじゃない。私が家で楽しみたいだけなんだからって、稽古に通うのもやめてもらったんですよ」

「女の焼きもちもなかなかやっかいですからねぇ」

　お栄が言い、だいたいのところを察したお蔦もうなずく。

　そのとき、また、新しいお客が入って来た。

　もへじと地本問屋の藤若萬右衛門《まんえもん》である。仕事の打ち合わせの後だろうか。

「あれ、もへじ。菊坂から日本橋までわざわざ来たの？」

　お近が明るい声をあげた。

「そうだよ。しばらく来ないと丸九の味が懐かしくなるんだ」

　お高が膳《ぜん》を運んで行くと、小声でたずねてきた。

「作太郎はどうしています？」

「昨日、お弁当を持って行ったんです。そうしたら部屋の掃除をしているんですよ。庭も草を刈ってきれいになっていました」

「そりゃぁ、いい兆候だ」

もへじがうなずく。

「自分で草を刈るくらいなら、やぎを借りればいいのに」

萬右衛門がまぜ返す。

「お高ちゃん、むかごはもう、ないのかい？　また、むかごご飯、炊いてくれよ」

徳兵衛が大きな声でたずねた。

「あれは季節が短いんですよ。ほんの一瞬、味わえる秋のごちそうなんです。秋だけに、食べ飽きるほどはないんですよ」

お高が駄洒落《だじゃれ》で返したので、徳兵衛は頭をかいた。

にぎやかに夜が過ぎていった。

第三話　あさり飯と涅槃図《ねはんず》

一

晴天が続いたせいか、肌寒い朝になった。

こんな日は温かいものがいいと思って、お高はあさり豆腐にした。あさりと豆腐、それに揚げを醬油《しょうゆ》とみりんとだしで煮た、汁とおかずの中間のようなものだ。それにあいなめのみそ漬け焼きで、五目豆、ぬか漬け、白飯、甘味《かんみ》はそばがきを入れた汁粉《しるこ》である。

「俺はあさりが好きなんだよ。はまぐりもいいけど、やっぱり味は、あさりだね。庶民的なところがいいんだ」

徳兵衛がうれしそうな顔をした。

隅田《すみだ》川《がわ》、江戸《えど》川《がわ》、荒川《あらかわ》と何本もの川が注ぐ江戸前の海は遠浅だ。しじみ、はまぐりと一年じゅう、たくさん貝が獲《と》れる。なかでも、あさりは汁によし、煮物によしと使い勝手がいい。

「あさり豆腐は今年、お初じゃないですか。あさりから、いいだしが出ていますよ」

惣衛門が目を細めた。

「これ、ご飯を入れておじやにしたいねぇ。きっとおいしいよ」

お蔦《つた》がほほえむ。

「いいねぇ。おじや。うちはねぇ、あさりを鍋《なべ》に入れるんですよ。それときのこ。このふたつが入っていたら、ほかは、何を入れてもおいしい」と惣衛門。

「ほら、俺の山が木更津《きさらづ》にあるだろ。あっちじゃ、あさりのむき身を串《くし》に刺して焼くんだよ。それがうまいんだ」と徳兵衛。

俺の山とは、たけのこ狩りをするために徳兵衛が買ったものだ。それからも、あれやこれやとあさりの話が尽きない。

「そんなにみなさん、本当にあさりがお好きなんですねぇ」

「もちろんですよ。あさりほど滋味豊かで、風雅な味わいのものはないですよ」

物知りの惣衛門に言われると、そんな気もしてくる。

「そいでさ、お願いがひとつあるんだけどさ」

徳兵衛が甘えたような目をする。

「なんでしょうか」

無理難題が出るのではあるまいかと、お高は用心深く答えた。

「あさり飯をつくってくれないか。俺は炊き込みご飯が好きなんだよ。むかごの季節は終わっちまったんだろ。だからさぁ、あさりで。揚げも入れてさ。炊きあがると、いい香りがするじゃないか。そんで、しゃもじで混ぜると、ちょいと焦げてたりして」

うっとりとした顔になる。

「おお、いいですねぇ」

「ああ、食べたいねぇ。久しぶりじゃないかい」

丸九のあさり飯はあさりのむき身を醬油と酒と少しの砂糖で煮て、その煮汁と油揚げでご飯を炊き、蒸らしているときにむき身を混ぜる。茶碗《ちゃわん》によそって刻みねぎをのせる。いわゆる深川飯《ふかがわめし》である。むき身をいっしょに炊いてしまうと、固くなっておいしくない。あさりのだしで炊いて、むき身は食べる前に加えるのがコツなのだ。

炊き込みご飯は、徳兵衛や惣衛門たち、昼近くなってやって来るご隠居さん方に人気がある。早朝にやって来る河岸《かし》で働く男たちはだいたいが白飯好きだ。一膳目《いちぜん》と二膳目はみそ漬け焼きで食べて、三膳目はあさり豆腐をざっとかける。自分でどんぶりにして、かき込んでいる。

「お高さん、今度から、あさりはむき身にしてくれよ。貝があると、食うのに時間がかかる」などと文句を言うのは、この時間に来る男たちだ。

お高は貝つきのほうが味が出るような気がするが、客たちにはむき身のほうが評判がいいようだ。あさりやはまぐりなどの貝類は、深川から品川《しながわ》、大森《おおもり》あたりの漁師やおかみさんたちが毎朝商っていて、頼めばその場で、貝をむいてくれる。毎日のこととはいえ、金《かね》の道具を器用に使って、まことに手際《てぎわ》がいい。

「じゃぁ、明後日《あさって》あたり、あさり飯にしましょうか」

「おお、ありがたいねぇ。あさりだけに、あっさり決まった」

徳兵衛は駄洒落《だじゃれ》を言って喜んでいる。

遅い午後、久しぶりにお高はあさりの煮物、煮豆とみそ漬け焼きを持って双鷗《そうお》のもとをたずねた。台所に行くと、塾生の秋作《しゅうさく》はおらず、まかないのお豊《とよ》がひとりで働いていた。

「秋作ならいないよ。いよいよ試験なんだよ。だから、部屋にこもって絵を仕上げている。あとひと月で絵を仕上げなくてはいけないんだ」

「そうだったわねぇ。いよいよ大詰めだわねぇ」

双鷗画塾は五年と期限が決められている。試験に受かればお墨付きを手にするが、そうでなければ塾を去らねばならない。絵の技量だけでは心もとないから、台所を手伝って双鷗の目に留まろうというのが秋作の考えだった。

過去に、そうやって双鷗に目をかけられた者がいたということを聞きつけたからだ。お高はその若者を知っている。料理好きはもちろんだが、絵の技量も際立ってすぐれていると評判だった。そもそも双鷗は、そんな小手先のことで評価を変えたりする人ではない。私塾を開いたのも、広く志と才能のある者を育てようと思ったからだし、五年と期限を切っているのも先のある若者を思ってのことである。

秋作は気のいい若者である。甘え上手で目端がきく。だが、少々易《やす》きに流れるきらいがある。

台所を手伝うことにしたが、飯も満足に炊けない。それで、あるときお高を頼ってきた。お高も最初は親切に教えていたが、肝心の秋作が中途半端だ。覚えよう、工夫しようという気持ちがあまり見えない。お高は少しがっかりしていた。

双鷗は絵を描いているというので料理をお豊に預け、丸九に戻って来ると、戸をたたく者がいる。開けると、秋作が立っていた。走ってきたらしく、額に汗をかいている。

「あら、秋作さん、どうしたの」

「いや、ちょっとお願いごとがありまして。ぜひ、お高さんのお力を借りたいと」

殊勝な面持《おもも》ちで頭を下げた。

「まぁ、立ち話もなんだから、どうぞ、お入りください」

お高は招じ入れた。

「じつは、卒業試験がひと月後に迫っているんです」

「そうですってね。お豊さんから聞いたわ」

「ほかの人たちはどんどん仕上げていて、描きあがった人だっているんです。でも、私はまだ、何を描くかも決まらないんです。ただ、もう、気持ちが焦って、自分が情けなくなります」

「みなさん、卒業試験には自分の一番、得意なものを描くんでしょ」

お高は秋作に白湯《さゆ》をすすめながら言った。

「ですからね、それがないから困っているんですよ。大和絵《やまとえ》も墨絵も、まぁなんとか見られるっていうくらいで。これならと自信のあるものがない」

秋作の眉毛《まゆげ》が下がった。

ここにお豊がいたら「五年の間、あんたは何をしていたんだよ」と叱《しか》るだろう。

双鷗は模写を重視して、先達の作品にその技法を学ぶことからはじめる。大和絵、水墨画など、それぞれが選んでひたすら描く。卒業試験はそうした五年間の集大成だ。何を描いてもよいし、大きさも自由だと聞いている。

「絵のことは分からないけれど、たとえば、今まで描いたなかで、割合よく描けたものを参考にしながら、別の作品に仕上げてみたら。そうすれば間違いがないと思うけれど」

「それではだめなんです。今まではお手本を見て、その通りに描いてきました。卒業試験には、今まで習った技法を使い、新しい絵を描くんです。真似《まね》じゃだめなんです」

必死な顔になった。

「でも、たとえば富士山なら、今までたくさんの絵描きさんが描いているじゃないの。どう描いても、誰かに似てくるんじゃないの？」

「そこなんですよ。奇抜なものを描けということじゃないんです。題材でも、構図でも、どこかに新しいというか、私らしいというか、それがないとだめなんです。でも、私の場合、どこかで見たようなものになるか、逆にとっぴなものになるか、どちらかなのです」

お高も丸九を継いで二、三年したころ、九蔵に習った料理に自分らしい味つけを加えたいという欲が出た。ところが、それが難しい。こねくりまわして、妙ちくりんなものばかり出来上がり、悲しくなった。だが、五年、七年と過ぎ、気づくと、いつの間にか九蔵のころとは違う料理が生まれていた。

自分のものにするとは、そういうことにちがいない。

「ともかく、何かひとつ、繰り返し、繰り返し描いてみたら」

「ですから、もう、時間がないんです」

秋作は食い下がる。

ふと、もへじの顔が浮かんだ。やぎの目を見て、新しい美人画を打ち立てた。

自分らしい絵とはそういうことか。

作太郎が描けないと言っているのは、そういう意味だったのか。

誰の真似でもない、作太郎にしか描けない絵を描こうとして苦労しているのか。お高は改めて理解した。

「それで、私に何かできることがあるのかしら」

「作太郎さんのところでお手伝いをさせていただきたいんです。下働きでもなんでもします。お高さんから頼んでもらえませんか」

「作太郎さんに？　だって、もう、ひと月しかないんでしょ。人のお手伝いをしている暇があったら、自分で絵を描いていたほうがいいんじゃないの？」

「作太郎さんが画塾にいたころの絵がたくさん残っています。それを、私たちは参考にしています。完璧《かんぺき》な模写なんですけど、やっぱり少し違うんですよ。で、それを見ると、どういうふうに考えればいいのか分かるんです」

秋作は一所懸命説明してくれるが、お高には今ひとつぴんとこない。

「私は作太郎さんを尊敬しています。作太郎さんの絵が大好きです」

「そうねぇ、でも、作太郎さんも今は、自分の絵で手一杯だから……。もへじさんのところはどう？　何人かお手伝いの人がいたから」

「いいえ、私は作太郎さんでお願いをしたい。五日、いえ、二日でいいんです。そうしたら、きっと私は自分の絵が描けるようになると思うんです。どうしても卒業試験に受かってお墨付きをいただきたいんです。故郷の両親も、それを待っています」

泣かんばかりにすがりつく。根負けしたお高は言った。

「分かったわ。一応、聞いてみるから。いいとなったら、伝えるから」


あいなめのみそ漬けと五目豆を持って作太郎の家をたずねると、明かりがついていた。

「あれ、お高さん、どうしました？」

「ちょっとご相談があって。お惣菜《そうざい》も持ってきました。五目豆とあいなめのみそ漬け」

「ありがたいなぁ。朝からずっと描いていて、腹が減っているんですよ」

笑みを浮かべた。

森三の下絵をながめたことで作太郎は何かをつかんだのかもしれない。ひところのような気難しく、不機嫌なようすはなくなって、以前、丸九によく来ていたころのような笑顔を見せた。

「五目豆とみそ漬けは明日、食べることにして……、久しぶりにそばでも食べに行きますか？　この先にそば屋があるんですよ」

「あら。いいんですか」

「大丈夫ですよ。それぐらいの金はある。ずっと家にいたから、たまには外に出たくなる」

路地を出て、瀬戸物屋や酒屋のある通りを少し行くと、小さなそば屋があった。のぞくと夫婦でやっている店らしい。だしの香りが流れてきた。

「ね、なかなかよさそうでしょ。おやじがそばを打っているんだ」

小上がりの席について、ざるを頼む。卵焼きとかまぼこも注文した。

「お高さん、私は飲まないけれど、かまわず酒を頼んでください」

「あら、どうしたんですか？」

「いや、屏風絵《びょうぶえ》が出来上がるまで、酒は断つことにした。それくらいの覚悟がなくちゃ、越えられない山だ。屏風絵を完成するのはもちろん自分のためでもあるし、お高さんにも喜んでもらいたい」

ふと、まじめな顔になる。

「そういう気持ちで向かっています」

初めて聞く作太郎の覚悟の言葉だ。

「私もいい絵が出来るのを待っていますから。よろしくお願いします」

お高は居住まいを正して答えた。

「忘れないうちに、ご相談の件です。双鷗画塾の塾生の秋作さんという人を覚えていますか？」

「ああ。台所を手伝っていた子でしょう」

「そうなんです。その人が作太郎さんのお手伝いをしたいと言っているんです。卒業試験がひと月後で、何を描くかもまだ決まらないからと」

「それなら、人の手伝いなんかしないで絵を描いたほうがいいんじゃないのか」

同じことを言う。

「二日でもいいからと。作太郎さんの絵が好きで、尊敬しているんだそうです」

「本当かなぁ。私は人から尊敬されるような人物じゃないぞ。いったい、何をしたいんだ？　まぁ、二日ぐらいならかまわないよ。私は絵を描いているから、もへじの部屋で自分の絵を描けばいい。それでいいでしょう」

「ありがとうございます。喜びます」

そのとき、湯気をあげた卵焼きが運ばれてきた。甘辛く、だしをきかせた江戸前の卵焼きである。

「うまいな」

作太郎がつぶやく。

「おそばが楽しみですね」

すぐにかまぼことそばが来た。田舎《いなか》風の太くて黒く、香りの強いそばだ。つゆも濃い目の味だ。

「十割《とわり》そばなんですか」

「そうらしい。おやじが信州《しんしゅう》の出だと聞いた。本物の田舎そばだ」

ふたりでしばらくそばをたぐる。のどごしを味わうというより、しっかり噛《か》んで楽しむそばだ。清々《すがすが》しいそばの香りが口に広がり、鼻に抜ける。どこかの田舎家をたずねたような気持ちになった。

そば湯が来て驚いた。どろりと白く濁っている。

「ね、そばがきも頼みませんか？」

「そうしよう」

そばがきはそば粉に湯を加えて練り混ぜた、そば団子のようなものだ。もちもちとして、さらにそばの風味がしっかりと味わえる。

「以前、どこかでそばがき汁粉というものを食べた。餅《もち》の代わりにそばがきが入っているんだ。丸九でも出したらいい」

「ふふ。今日のお昼は、そばがき入りの汁粉でした」

「そうか。それはうまそうだ。そういえば、そばがきは森三の好物だった」

作太郎はふと遠くを見る目になった。

「森三さんはどういう人だったんですか？」

「ともかく、いろんなことに、こだわりが強いんだ。たとえばね、浴衣《ゆかた》ののりは強すぎても、やわらかすぎてもだめなんだ。人任せにせず、自分で洗っていた。足袋《たび》も足に合わないと気持ちが悪いと言って郷《さと》から送ってもらっていた。江戸にもいい足袋屋があると言っても聞かないんだ。まぁ、たしかに、あの男の足は甲が薄く、幅もない。……手の平も薄くて、指が細くて長い。きれいな手をしていた」

お高は思わず自分の手を見た。

女にしては大きい。それだけではなく、手の平に厚みがあって骨太の力のありそうな指である。

「お高さんの手は仕事をする手ですよ。毎日重い鍋を持っていたら、そうなる。森三の実家は西国《さいごく》の医者だ。子供のころから体が弱くて、十歳まで生きられないと言われたそうだ。そんなわけだから、重い物を持ったことがない。家にいるときは、女中や下男がいつもそばにいて世話をしてくれていた」

「食べ物もうるさかったんですか」

「もちろん。生の魚は絶対に食べなかった。とくに鯖《さば》。食べるのを禁じられたそうだ。ほかの魚も避けた。寿司はだめだ。屋台の天ぷらもね、『よおく、揚げてくれ』って頼んでいた。とにかく、すぐ腹を壊すんだ。夏の暑いときでも腹巻をしている。汗をかかない。そのくせ、水をよく飲んだ。いつも竹筒《たけづつ》にほうじ茶を入れて持っている。肌は透けるように白く、目の白目も青っぽかった。だけどね、そういう森三を女たちは大騒ぎするんだよ。母も姉もおりょうも、森三さん、森三さんって気にかける。しょっちゅう英《はなぶさ》に出入りして、息子の私よりも英にいた」

　森三の話をはじめると、作太郎は止まらなくなった。今までは森三のことになると口を閉ざしてしまうきらいがあったが、今日は懐かしそうな顔をして話しつづけている。

　お高はずっと心にかかっていた問いを投げかけた。

「森三さんがなぜ涅槃図《ねはんず》を描こうと思ったのか、ご存じですか？」

「いや。知らない。別に信心深くもなかったしね。浄光寺に通っていたのも、幽霊画が好きでそれを模写したかったからだよ。幽霊画が好きだったのは……、つまり、森三は子供のころから、死に近い場所にいたからなんだ。高い熱にうなされていると、目の前に不思議なものたちの姿が見えてくるんだそうだ。そいつらはいろんなことを話しかけてくる。自分をどこかに連れて行こうとするそうだ……」

　ふと、作太郎の目が輝いた。

「そうだ。思い出した。森三は浄光寺の幽霊画を描きはじめた。あのころ、少し夢中になりすぎたんだよ。顔つきが変わってきて、なんだか、向こうの世界に取り込まれそうな気がした。それで、私ともへじが心配して、少し休んだらどうだって言ったんだ。遊びに連れ出したりしてね。……自分でも思うところがあったんじゃないのかなぁ。しばらくして、大きな絵を描きたいと言いだした。それが涅槃図だった。幽霊画じゃなかったんで、ほっとしたんだ」

お高の心に線の細い、利発そうな青年の姿が浮かんだ。子供っぽさと、老成が同居したような美しい顔立ちをしている。

心の中の森三が、何かをお高に伝えようとしているような気がした。

翌日、双鷗画塾に行って秋作に作太郎が快諾したと伝えると、秋作は飛び上がらんばかりに喜んだ。

「ありがとうございます。うれしいなぁ。そうですか。さっそく、今日からうかがわせていただきます」

夕方、お高が作太郎の家に行くと、秋作がいた。うれしそうな顔で出て来て、「お高さん、おかげさまで、作太郎さんの仕事ぶりを間近に見ることができます」などと言う。

作太郎に秋作がどんな様子だったかたずねると、「どうしたら、絵がうまくなるかって聞かれた。そんなこと、こっちが聞きたいよ」と笑う。

秋作は作太郎の家に着くなり、水をくみ、廊下の雑巾《ぞうきん》がけをし、庭の草むしりをしたそうだ。お高が庭に出ると、秋作は抜いた雑草を庭の隅に集めていた。

「十日に一度ほど手伝いの人を頼んでいるそうですが、それではやっぱり行き届かないですよね。部屋の隅にずいぶん、埃《ほこり》がたまっていました」

「絵を描かないで、いいの？」

「それは明日からです。今日は、まず、身の回りをきれいに整えることからはじめました。作太郎さんのそばにいると、学ぶことがたくさんあります。私は、作太郎さんの目になり、手になり、心になりたいんです」

「そう……」

すぐにお高に甘えて、頼りきりだった秋作とは思えない口ぶりだ。

「私は子供のころから絵が好きでした。田舎では紙は貴重で、子供の落書きに使わせてもらえないから、地面に描いていました。一日じゅう、夢中になって絵を描いていました。いつのころからか絵描きになりたいという夢を持ったんです。双鷗画塾の入塾が決まったときは、本当に天にも昇る気持ちでした。でも、いつか、その気持ちを忘れてしまっていました。初心にかえって、学びたいと思います。今度こそ、本気です。正念場なんです」

そのとき、作太郎がやって来て言った。

「昨日、屏風の下絵を描いてみたんです。夏秋草図《なつあきくさず》にした。森三の冬景色に対する返歌のつもりだ」

部屋に行くと、墨でさらりと描いた下絵があった。

右に梅、中央に桜の枝があり、左は紅葉《もみじ》だ。下には福寿草《ふくじゅそう》、菖蒲《しょうぶ》、あじさい、朝顔、すすきと続いて、四季の花々が咲く庭園に迷い込んだような気がした。

「すばらしいです」

「昨日、〓もへじが来てこれを見て、少し盛り込みすぎじゃないかと言った。たしかに六曲《ろっきょく》一隻《いっせき》だから、梅と紅葉が並ぶのはなぁ。だけど、長谷勝さんのことを考えると、季節を問わないものがいい」

作太郎は悩むことが楽しいという顔をした。

二

「まったく、年寄りのわがままに付き合っていたら、きりがないですよ。いい加減にしたほうがいいですよ」

お栄がぶつぶつと文句を言った。

「でも、あさり飯を炊きますって言っちゃったんだもの」

お高は答えた。

「そうだよ。あさり飯。あたしも楽しみだ」

お近もうきうきとしている。

河岸《かし》で働く男たちは白飯好きだから、三升炊きの大釜《おおがま》で朝一番と二番は白飯を炊いた。三回目を炊くのは昼も近くなってからで、徳兵衛や惣衛門、お蔦たちご隠居や店の主人など向けである。

あさりのむき身を醤油と酒、少しの砂糖で煮て、その煮汁と刻んだ揚げ、彩りににんじんを加えて炊く。ふつふつと泡を吹くころになると、厨房《ちゅうぼう》にはあさりの香りが満ちてきた。

「いい匂《にお》いですね」

文句を言っていたお栄も鼻をひくひくとさせる。

「おや、今日はあさり飯かい」

やって来た筆屋の主《あるじ》がたずねた。いつも手が空いた時間にひとりで来て、さっと食べて帰っていく。

「今、炊いているところですから、お時間、少しかかります。白飯ならありますけれど」

「うーん、しょうがないなぁ。少し待つかぁ。この香りには負けちまうなぁ」

そう言って席についた。

その日の献立《こんだて》は、あさり飯にいわしの梅煮、厚揚げとなすの煮物、ぬか漬け、みそ汁、寒天の梅蜜《うめみつ》がけである。

筆屋の主はいわしの梅煮や煮物をつまみながら待っていた。

しばらくすると、徳兵衛と惣衛門、お蔦がやって来た。

「あ、お高ちゃん、あさり飯だよね。この匂いは、そうだよね」

徳兵衛がうれしそうな顔になる。

「はい。もうすぐ炊きあがりますから」

お高は厨房から顔を出して答える。

「まったく、子供みたいに。あんな手放しで喜ばれちゃぁ、つくるよりほかないですよね」

「喜んでもらっての一膳めし屋よ」

お高は笑った。

炊きあがったご飯の蓋《ふた》をあけると、白い湯気があがった。あさりの身を加えて蓋をして、しばらく蒸らす。ご飯とあさりの身がほどよくなじんだら、出来上がりだ。

大きなしゃもじで混ぜると、しゃもじに底の方の焦げた米がついた。この少し焦げたところが香ばしくて好きだというお客は多い。

徳兵衛などはその筆頭だ。惣衛門もお蔦も、筆屋の主も好きにちがいない。お高はお焦げが上の方になるように上手によそい、青ねぎをふる。

お近が盆にのせ、手早くお客のもとに運んで行くと、あちこちから歓声があがった。

お客たちは口々に、自分がどんなにあさりが好きかを語り、炊き込みご飯への思いを伝えている。

「お、なぞかけができた」

徳兵衛がうれしそうな顔をする。

「おや、お得意のなぞかけですね」

惣衛門が答える。

「あさり飯とかけて、仕事に励んでお金を貯めた人ととく」

「ほうほう、あさり飯とかけて、仕事に励んでお金を貯《た》めた人ととく。その心は」

「貝（甲斐《かい》）があったでしょう」

ははは、と、笑い声が店のあちこちから起こって、徳兵衛は得意の顔になった。

あさり飯を持って作太郎のところに行った。庭に作太郎がいるのかと思ったら、秋作である。同じような着物で、髷《まげ》も似ていた。秋作は作太郎より頭ひとつ小さいのだが、遠目では分からないくらい似ていた。似ているという印象はなかったので、どうしたのかと思った。

「作太郎さんかと思ったわ」

「お許しをいただいたので、あれからずっと、こちらでご厄介になっています」

二日のはずが、かれこれ十日も居続けていることになる。

「やあ、お高さん。しばらくぶり」

作太郎が縁側から顔をのぞかせた。

「昼にあさり飯を炊いたので、お届けに来ました」

そう言ってから、しまったと思った。

子で答えた。

作太郎が黄表紙《きびょうし》を描いたときの筆名が深川《ふかがわ》あさり飯《めし》だ。しかし、作太郎は屈託《くったく》のない様子で答えた。

「それはうれしいな。今朝から何も食べていないんですよ」

「作太郎さん、飯の支度をしますね」

秋作は元気な声をあげて、井戸端に走っていった。

「あれから、ずっとここにいるんですって？」

「そうなんだよ。なんでもするから、ここにおいてくれと言うんだ。着物がないと言うから、私の古い着物をやった。髷まで同じように結《ゆ》っている」

「お邪魔じゃないですか？」

「……そうだなぁ。邪魔なときもあるし、いいときもある。話し相手になるから」

「それならよかったです」

「あの男が絵を描いている様子を見たら、森三を思い出した。背中を丸めて一心不乱に描いている。夢中になっているときは、声をかけても答えないんだ」

作太郎は懐かしそうな顔をした。

その日は、三人で夕餉《ゆうげ》をとることにした。

お高が持ってきたあさり飯では足りないので、秋作が飯を炊き、汁をつくり、魚を焼いた。双鷗の食事をつくっていたときは、お高が何度教えても覚えなかったのに、おいしい飯を炊き、それなりに汁をつくり、魚を焼けるようになっている。

「すっかり上達しているので、びっくりしたわ」

「お高さんに以前教わったことを思い出しながらやってみたんですよ。あのころは甘えていたんですよ。面倒になって手順を抜かしたりしちゃったから。今は真剣です。まずい飯を炊いたら、作太郎さんに出ていけと言われますから」

「当たり前だ。居候《いそうろう》はそれぐらいしてもらわないと、困る」

作太郎が答えると、秋作は頭をかいた。

ふたりの間に気持ちが流れているのを感じた。作太郎が明るい顔をしているのは、秋作がいるせいかもしれない。

それから、たわいもない話をしながら三人で飯を食べた。その間も、秋作は茶をいれたり、忙しい。なかなかによく気がつくのだ。

ふと、作太郎が言った。

「森三の三枚目の下絵をながめているとね、やっぱり涅槃図のことが気になってくるんだ」

「どのあたりがですか」

「岩山と桜の絵があんまりすばらしかったから、私はついよけいなことを言った。森三は悔しそうな顔をした。それで発奮して『花宴《はなのえん》』を描いた――そう思ってきた。だけど、それだけなのかなと疑問に思うんだ」

「淋《さび》しい絵ですよね」

「まったくだ」

沈黙が流れた。

森三のために作太郎ともへじが力を貸した。それは苦しくも甘い、蜜月《みつげつ》ではなかったのか。

終わりのはじまりだったのか。

絵が完成したとき、森三は自分が空っぽになってしまったと言ったそうだ。作太郎自身も空っぽになっていたことに気づいたそうだ。

――森三の光のほうが大きくて強いから、あの男といっしょにいると、私の中にあるものはみんな吸い取られてしまう。

作太郎は苦しかったにちがいない。

森三を失った今も、その痛みは続いている。

お高は切なくなった。

「一度、浄光寺に行ってみませんか？　ご住職が森三さんと親しくしていたなら、いろいろ教えてくれると思います。作太郎さんが疑問に思っていることが分かるかもしれませんよ」

「そうか。浄光寺か。久しぶりに出かけてみようか」

　作太郎は言った。

　谷中の浄光寺は人気《ひとけ》もなく、静かだった。少し色づきはじめた木の葉が、日を浴びて輝いている。

　本堂の脇の小部屋で訪《おとな》うと、寺男が出てきた。作太郎が、亡くなった森三の友人だ。先日、涅槃図の下絵を借りた者だ。そのことで、少し教えてほしいと伝えると、中に案内された。

　小部屋で待っていると、墨染めの衣の住職がやって来た。

「作太郎さんでしたか。お久しぶりです。お連れの方は……、以前、お目にかかったことがありますね」

　住職が言った。

「その折は、こちらの涅槃図についていろいろ教えていただきました。ありがとうございます」

　お高は礼を述べた。

「森三が亡くなって九年が過ぎて、やっと私もあのころに向き合う気持ちになりました。いろいろなことを、もう少し順序だてて考えてみたいんです」

作太郎が言った。住職は柔和な笑みを浮かべた。

「そうですか。大切な人の死を受け入れるには、時に長い時間がかかりますからね。作太郎さんやもへじさんにとっては、森三さんは無二の方なんでしょうねぇ」

「あのころのことを思い返すと、気になることがいくつかあるんです。たとえば……、森三はなぜ涅槃図を描こうとしたのでしょうか。こちらでは、なんと言っていましたか？」

住職は大きくうなずいた。

「分かります。唐突な申し出に私も驚きましたから。最初からお話ししましょうかねぇ」

そのとき、手伝いの女が茶を運んできた。やわらかなほうじ茶の香りが、お高たちを包んだ。

「ご存じでしょうが、最初、森三さんは幽霊画を模写したいとお見えになりました。そういう怖くて悲しい絵が好きなのだと。そのとき、森三さんはご自分が描いた絵を見せてくださいました。鬼や幽霊や、この世ならざるものが描かれていました。でも、不思議と怖い感じはしませんでした。どちらかというと……、懐かしい友達のような感じがしました。こうしたものたちをご覧になったことがありますかとたずねたら、子供のころ、熱を出して寝ていると、現れたのだとおっしゃいました」

「森三は体が弱くて、十歳まで生きられないと言われたそうなのです。子供のころから熱を出すのもしょっちゅうだったと聞きました」

「死というものが、すぐそばにあったんでしょうねぇ。そういう方たちは、この世ならざるものを見たり、聞いたりするものなのですよ。聞けば双鷗画塾を出られたとおっしゃいます。私はなにかのお役に立てばと思いました。それから、森三さんは毎日のようにこちらに通われて、熱心に描き写されていました。……でも、だんだん疲れた様子になり、顔色も悪くなりました。幽霊画のようなものはね、注意をして扱わないといけないのです。絵ではありますけれど、やはりふつうのものとは違いますから、うっかりすると、そちらの世界に引っ張られてしまうのです」

「そうですね。私ももへじも、なんとなく様子が変わってきたことに気づいていました」

「ああ、やはりね。そうでしょうねぇ。けれど、なんとかすべてを描き終えた。そうしたら、森三さんは、今度は大きな自分の絵を描きたい。よいものが描けたら奉納させてもらえないかとおっしゃいました。大きな絵といえば、地獄絵ですよ。あなたもご覧になったことがあるでしょう。閻魔《えんま》様や鬼たちがいて、血の池地獄だの、針の山がある図ですよ」

住職は、お高の方を見て言った。

お高も子供のころ、どこかの寺で地獄絵図を見たことがあった。

嘘《うそ》をついたり、食べ物をむだにしたり、そのほか、悪いことをすると、地獄に落ちて責め苦があると言われた。やせ細り、腹だけがふくらんだ餓鬼《がき》たちは血の池で溺《おぼ》れていたり、針に体じゅうを突き刺されながら針山を上っていた。子供のお高は恐ろしさにべそをかいた。

「地獄絵図は幽霊画とはまた、系統が違いますからね。私自身、あまりにおどろおどろしいものは好みませんので、正直、それは少し困ったなぁと思っておりましたら、涅槃図だとおっしゃった。それで、こちらもほっとしたわけです。だけど、ふつうの涅槃図は描きたくない。自分が描くのは満開の桜の下に眠る釈迦だとおっしゃったので、私は驚いた」

涅槃図には昔から伝わっている約束事がある。釈迦は頭を北にして横になっている。ちなみに、立ち姿は修行中で悟りを開く前の若いころ、坐像《ざぞう》は修行して悟りを開かんとしているとき、あるいは開いた直後とされている。さらに、雲の上に母親の摩耶夫人《まやぶにん》の姿、脇に沙羅双樹《さらそうじゅ》、月は満月などである。

「森三さんは摩耶夫人も沙羅双樹も描かない。花は桜だと」

「理由を説明しましたか」

「いいえ。ともかく、自分が描きたいのはそういう絵だ。分かる人だけ、分かればいいと。それを聞いて私は、また驚きました。けれど、特別古い歴史がある寺ではないですし、桜の下のお釈迦様というのも型破りですよ。面白い。今までにないような涅槃図を描いてくださいとお願いしました」

「それで、森三はあの……、源氏絵巻のような下絵を描いてきたわけですね」

源氏絵巻という言葉を聞いて、住職は破顔した。

「さすがですなぁ。そうですよ。まったく、その通り。ああ、こうなったかと……。私は絵のことは不案内ですから、反対しようにも言葉が出ない。よろしいのではないかとお返事しました。それから、二転、三転して出来上がったのが『花宴』です。本当にみごとでした。最初の下絵からは想像もできないものとなった。森三さんのご精進《しょうじん》もすばらしい」

住職は言葉をきると、作太郎をまっすぐ見た。

「ですが、あの絵が描きあがったのは、作太郎さんともへじさんというおふたりの助力があったからですよ。あれは、森三さんだけでは描けなかった。三人の合作と言ってもいいのではないですか」

「いや、私も、もへじも下働きをしていただけですから」

作太郎が低く笑った。

「なにをおっしゃる。おふたりの気持ちが森三さんの背中を後押ししたんですよ。あらんかぎりの力を出せ、できるはずだというおふたりの祈りが、森三さんに力を与えた」

「いや、そんな美しいものではないですよ。もちろん、いいものを描いてほしかった。けれど、同時に、うらやましい、悔しい、妬《ねた》ましい、いろいろな思いもありました」

「当然ですよ。それが人というものです。紙の裏表のようなものだ。それを感じるから森三さんだって発奮した」

住職の目が細くなり、口元に穏やかな笑みが浮かんだ。

「ひとつ、おうかがいしてもよいですか。私は、もっと明るい絵でもよかったように思うのですが」

お高がたずねた。

「そうですね。凍《い》てついた風景です。でも、こんなふうに考えられませんか。あれは冬の底。悲しみの底なんです。冬の後には春が来るんですよ」

「ああ、それには気づかなかった。ご住職らしいお考えだ」

作太郎がうなずいた。

「そうですよ。私は、あの涅槃図を見たとき、本当にうれしかった。私が望んでいたのは、こういうものだったんです。ね、寺にいらした方は、幽霊の絵が並んでいる部屋を通ります。その部屋は薄暗くて、嫉妬《しっと》に狂う女や子供を残して死んでしまった母親の絵が続く。人というのは、なぜか怖いものが好きです。ああ嫌だ、気持ち悪いと言いながら、見入るんです。そこが狙いですよ。私に言わせれば、幽霊というのは煩悩《ぼんのう》です。煩悩の塊です。それを手放せないから苦しい。死んでもまだ苦しい。そうやって、次の部屋に行くと、そこは広くて明るい。あの涅槃図がある」

森三はお釈迦様を枯れ枝で、弟子たちも枯れた草木で描いた。冷たい風が吹き、粉雪が舞っている。

「命が感じられない。絶望的な死です。でも、そこがいいんです。幽霊画を開帳するのは一年に一度、お盆の時だけなんです。亡くなった方をしのぶ日です。そして秋とはいえ、まだまだ暑い。一歩、外に出れば緑にあふれ、蟬《せみ》しぐれがうるさいほどです。そのときに、気づくんですよ。この世が命にあふれていること、自分が今、生きていることに」

——恨みや悲しみがあるかもしれませんが、そのことに囚《とら》われてはいけませんよ。私たちは今を生きています。今を一所懸命生きることですよ。

「私のつたない説教では伝えられないことが、あの幽霊画と涅槃図によって身に染みる。なんだか、わからないけれど、悩みがすとんと落ちたとおっしゃる方がいました。そういうことなんですよ」

「森三はそれを意図して描いたとおっしゃるのですか?」

作太郎がたずねた。

「いろいろなお考えがあるでしょうが、私はそうだと信じています」

住職は強くうなずく。作太郎は眉根を寄せた。

「なぜと言いますと……。森三さんはご自分の命について、ほかの方とは違う思いを持っていらした。子供のころ、医者に十歳まで生きられないと言われたと聞きました。そんなふうにして育った子供は、いつも死を意識している。今を輝かせることに全力を注いだと思いますよ」

作太郎は小さくうなずいた。

「だから、あの涅槃図は『花宴』なんです。冬のさなかで、花は一輪も咲いていないのに『花宴』なんて、おかしいじゃないですか。……もちろん、本職の方はまた別の見方をされるでしょうね。でも、私はそんなふうにあの図を見ています」

沈黙が流れた。それぞれの胸のうちにあの涅槃図があった。

「いや、いいお話をうかがいました。今日、来た甲斐がありました。ありがとうございます」

作太郎とお高はていねいに頭を下げた。

本堂を出ると、午後の日はまだ高く、空は明るかった。何色にも染まった雲が浮かんでいた。

「作太郎さん、見てください。彩雲《さいうん》ですよ。これは吉兆です」

「ああ、本当だ」

作太郎はしばらく黙って空をながめていた。

「ねぇ、森三さんのお墓にお参りしていきませんか。久しぶりではないですか」

「……そうだな」

ふたりで裏手の墓地に向かった。小さな森三の墓は陽《ひ》だまりの中にあった。青い花が供えられている。作太郎とお高は手を合わせた。

「どなたか、いらしたのかしら」

「私も花を持ってくればよかった。……そんなことも、思いつかなかったよ」

作太郎は淋しそうな顔をした。

寺の続く、細い道を歩きながら、作太郎は言った。

「同じ絵を見ても、見方はそれぞれなんだな。ご住職の話を聞いて、あらためてそう思った。完成した絵は作者の手元を離れる。すぐれた、いい絵ほど、さまざまな解釈が生まれる。そう思ったとき、あの言葉を思い出した」

「森三さんが言った言葉ですか」

——作太郎はもう本気で絵を描かないんだろ。だったら、僕が作太郎の絵を描く力を、もらっていくよ。

「言われて私はたじろいだ。だけど、もしかしたら、あのとき、私は『森三になんか渡すものか。これからも描きつづける』と、答えるべきだったのかもしれない。森三もその言葉を期待していた。ご住職の話を聞いていたら、そんな気がした」

「そうですよ。きっとそうです。私もそう思います。今からでも遅くないです。森三さんに言ってあげてください。きっと喜びます」

お高はうれしくなって、大きな声をあげた。

「……だったらうれしいな。結局、私が森三という男を信じきれなかったんだ」

「そんなふうに言ったらだめですよ。どうして、いつもご自分を責めるんです」

「いや、実際そうなんだ。私は不誠実だったし、あいつの絵に嫉妬していた。そういう自分の弱さが出た。ご住職は三人で描いたと言ってくれたけれど、それは違うな。絵を描くときはひとりなんだ。淋しさとか、怖さとかに勝たなくちゃならない。結局、覚悟が足りないんだ。もへじの言う通りだ。逃げてばかりいる」

作太郎はまた淋しそうに笑った。

お高はあえて明るい調子で言った。

「私はね、ご住職の話を聞いて思い出した和歌があります。『冬ながら　空より花の散りくるは　雲のあなたは　春にや　あるらむ』。ご存じですか？　『古今和歌集』の清原深養父《きよはらのふかやぶ》の歌です」

「どういう意味です？」

「冬なのに花かと思ったら、雪が降ってきたのだ。雲の向こうはきっと春なのだろう……。森三さんは涅槃図を描くとき、春を思っていたと思いますよ」

作太郎の顔に少し明るさが戻った。

三

お高が作太郎をたずねると、秋作は庭で木の棒を振り回していた。

「秋作さん、何をしているの？」

「素振りですよ。まるで形になっていませんけど。朝と夕は駆け足、昼は素振りをすることにしたんです。作太郎さんにすすめられました」

玄関で訪うと、作太郎の声が聞こえた。

「どうぞ、入ってください。今、手が離せないから、少し待っていてください」

座敷に座ると、秋作が白湯《さゆ》を持ってきた。

「おふたりで浄光寺にいらしてから、作太郎さんの顔つきが変わりました。このごろは、毎日、お部屋にこもって絵を描いていらっしゃいます。きっと、何かをつかんだのだと思います」

「そうなの？」

「私への指導も厳しくなりました。線がなっていないから、走ることからはじめよと」

「そこから？　そんなことをしていて卒業試験に間に合うの？」

「線は絵描きの命ですから」

秋作は生真面目《きまじめ》な様子になる。

そのとき、襖《ふすま》が開いて作太郎が姿を見せた。

「走ったほうがいいと言ったのはもへじだよ。この前来たんだ。あいつ、根津にある翠神館っていう体術《たいじゅつ》の道場に通っているんだ」

「もしかして、徳兵衛さんと同じ所？」

「そうそう。お高さんも徳兵衛さんに誘われて表演会に行ったんですよね。そのときの道場主がすばらしくて、自分も習う気になったんだそうだ。体が強くなると、線に力が出ると講釈を述べて帰っていった」

「そういうものなんですか？」

「一理ある」

作太郎はうなずく。

「私もそう信じて続けています」

作太郎に白湯を運んできた秋作が言った。

「秋作の線は最初から最後まで同じ太さなんだ。味がないんだよ。下描きのときはいいのに、本番になると定規で引いたみたいになる」

「間違えてはいけないと、一所懸命になるんです」

「まず、そこから直さないと」

秋作は首をすくめた。

「森三も最初はそういうところがあった。几帳面《きちょうめん》な男だったから。だけど、あの岩山と桜の絵で変わった。勢いがあるところと、力が抜けているところがある」

作太郎は快活な様子を見せた。きっと、絵もうまくいっているのだろう。

「今日はお顔を見に来ただけですから、また来ますね」

お高は腰をあげた。秋作がお高を見送って、庭まで出て来た。

「私は今まで模写というのは、ただ、そっくり描き写すことだと思っていました。真似をすることだと考えていました。でも、違った。作者がどう描いたかを学ぶこと。その人に、いかに近づくか。もっと言えば、その人として生きることだと思います。ここに来て、本当によかった。私は学ぶということの本質を知りました。お高さんには、心から感謝しています」

「秋作さんも大きな進歩があったのね。よかったわ。安心した。今の秋作さんは、双鷗先生のご飯をつくると言っていたころとは大違いよ」

「それは言わないでくださいよ。飯をつくって双鷗先生に取り入ろうなんて、姑息《こそく》ですよね。だいたい、先生はとっくにお見通しなのに。本当に恥ずかしいです。私は、何も分かっていなかった」

「それじゃぁ、試験もきっと大丈夫ね」

「ああ、それは、ねぇ。また、別の話です」

秋作は頭をかいた。

何日かしてお高が作太郎をたずねると、もへじが来ていた。

「やあ、お高さん。今、翠神館の話をしていたところなんですよ。あそこはすごい。作太郎も習いに行くといい」

「谷中までは遠いよ」

「日本橋にも道場がある。徳兵衛さんが通っているのはそこだ」

「もへじさんは熱心に稽古《けいこ》をされているんですね」

「そうですよ」

「怪しい術じゃないのか」

「そんなことはない。備前《びぜん》あたりの藩に古くから伝わっている由緒正しいものなんだ。あの道場主は仔細《しさい》あって藩を離れたそうだけど、技は一流だ」

「ふうん」

作太郎は関心がなさそうだ。

茶を運んできた秋作が言った。

「もへじさんに言われて走ったり、素振りをしたりしています。余分なことを考えなくなりました」

「体術というのは、相手の向かってくる力を利用して投げるんだ。だから、非力な女の人でも男を投げ飛ばすことができる。自分の力なんて、たかが知れているんだ。自分ひとりでなんとかしようと、じたばたしたら、だめなんだよ。作太郎はいつも自分ひとりで抱え込んでしまう。そうじゃないんだ」

「絵と体術は違うだろう」

「違わない。俺は、そのことを知ってとても楽になった。今、仕事を若い子たちに手伝ってもらっているからね。そいつらはうまくなろう、いい絵を描こうと思っているじゃないか。その気持ちを借りる。後押ししてくれって心の中で頼む」

「やっぱり怪しい。神がかりは嫌いだ。お前は昔から目新しいものを見ると、すぐにかぶれる」

作太郎は楽しそうに笑う。

「私は作太郎さんのお役に立ちたいです。私の力を使ってください」

秋作が神妙な顔になる。

「たしか、浄光寺のご住職も同じようなことをおっしゃっていましたよ。涅槃図は森三さんひとりで描いたものではない。作太郎さん、もへじさんの気持ちが後押ししたんだと」

「そうだ、そうだよ。あの住職、いいことを言うじゃないか」

もへじが膝《ひざ》をうつ。

「お高さんも来たから、飯にするか。今日は私がつくる。鯛《たい》のかぶと煮だ」

作太郎が腰をあげた。

「あら、お手伝いしますよ」

台所に行くと、大きな鯛の頭があった。一度ゆでて下ごしらえがすんでいる。

「じゃぁ、お高さんにはごぼうを拍子木に切ってもらおうかな。秋作はかまどに火をつけろ。それから飯を炊け」

「私が飯を炊くんですか?」

「前に、お高さんに飯も上手に炊けるようになったと言っていたじゃないか」

「聞いていたんですか」

「それくらい分かる」

秋作は困った顔でかまどに火をつけた。

「じゃぁ、俺はこっちで酒でも飲んで待っているか」

もへじは座敷に戻っていった。

作太郎はかまどに鍋をおくと、手早くごぼうと鯛の頭を入れ、水と醬油、酒、みりん、砂糖を加える。鍋が温まり、砂糖がゆっくりと溶け、やがて鍋の端に泡が浮かび、ぶくぶくとその泡が増えていく。甘じょっぱい香りが広がった。

お高は自分が持ってきたかぼちゃの煮物やこんにゃくの阿蘭陀《オランダ》煮、昆布の煮しめ、ぬか漬けを皿に盛りつけた。

膳を前に宴《うたげ》になる。

「すみません。ご飯ですが水加減を失敗したので、ちょっとうまく炊けませんでした」

秋作が言い訳をする。

盃《さかずき》を手にしたもへじが眉根を寄せた。

「あのな、絵描きは描いたものがすべてなんだ。そういう言い訳をするくせをつけちゃ、だめだ。絵を描くときはひとりなんだ。誰でも怖いんだ。心配なんだよ。双鷗先生ぐらいになったら、どうか分からないけどな」

「体術で力を借りるんじゃなかったのか」

作太郎がまぜっ返す。

「力は借りるだけだ。描くときはひとりだ」

もへじは強い調子で言った。

秋作はふたりに挟まれて神妙にしている。

「とりあえず、かぶと煮をいただきましょうか」

お高が助け舟を出した。

作太郎のつくったかぶと煮はこっくりと深い色をしているが、食べると思いのほかあっさりとして、鯛のうまみが際立った。脂ののった白い身が濃い煮汁に映えていた。

「作太郎のつくる料理には華があるな」

もへじがつぶやく。

「かぶと煮に華もなにもないだろう」

作太郎が笑う。けれど、お高も同じ思いだった。色気と言ったらいいのだろうか。華やぎというべきか。それは作太郎の資質のような気がした。

考えてみると父の九蔵の料理にも華があった。

伊勢海老《いせえび》や鮑《あわび》を豪華な皿に盛れば、誰でも華やかに見せることができる。九蔵がすごいのは、鯛の中骨を焼いただけの、ひとつ間違えればまかない料理にしか見えないようなものを、愉《たの》しくきれいに見せたことだ。一品としての風格を与えた。

それは真似しようとしてもできない。

生まれつき備わっているものであるような気がした。

「作太郎は贅沢《ぜいたく》なものが似合うんだなぁ。黄表紙じゃなかったよ。妙なものを紹介してすまなかった」

「今さら言うな。黄表紙には黄表紙の作法があるんだ。それも分からず、安易な気持ちで手を出した私もよくない」

作太郎は少し悔しそうな顔になった。

静かな夜だった。

もへじが盃をすすめても、作太郎は断った。

「なんだ、作太郎は酒を飲まねぇのか。俺ひとりで飲んでもつまらないなぁ」

もへじも酒をやめて、飯になった。

作太郎ともへじはいつものように絵の話を続けている。絵具の話、過去の名品、話はあちこちにとぶ。そのうちに浄光寺の住職の話になった。

「森三は常に死を意識していたんじゃないかって言っていた」

「そうだろうな。あいつは自分が長生きするとは思っていなかったと思うよ。三十の自分も、四十の自分も、想像できなかったんじゃないのかな。……そういえば、あのころ、森三はよく水を飲んでいたよな。やせてきていたし、だるそうにしていた。この前、医者にその話をしたら消渇《しょうかち》じゃないかって言われた。俺の親戚《しんせき》にその病気の人がいたんだ。最後は目が見えなくなった」

「消渇は年寄りの病気だろ。太った人がかかるって聞いた」

「若くてなるやつもいるんだそうだ。ゆっくりと進行するから、なかなか気づかないらしい。……まぁ、分からん。本人はなんとも言ってなかったし」

「だから、あんなに急いだんだ。これだっていうものを描き残したかったんだよ。……そういう森三の気持ちを分かってやれなかった。分かっている気持ちではいた。だけど、違ったな」

作太郎はつぶやいた。

「おい、一度、森三の法要をしてもらわないか。涅槃図をかけて、経をあげてもらう。いや、別に経はなくてもいいんだけど、あれをかけるのは年に一度、盆の時って決まっているじゃないか。俺たちのためだけに、かけてくれっていうのは申し訳ないからさ」

「そうだな。なんか口実がないといけない。九年というのは決まりの年か」

「違うだろ。いいさ。理由なんか、なくても」

なんとなく話がまとまる。

そばで話を聞いていたお高も、涅槃図をもう一度ゆっくり見たいと思った。作太郎たちや住職の話を聞いた後では、また違ったふうに見えるような気がした。

四

五街道の出発点にあたる日本橋はいつもにぎわっている。お高が通りかかると、橋のたもとで秋作が絵を描いている。真剣な表情でやって来る人の姿を写していた。

「卒業試験まであと十日です。そろそろ自分の絵を描かなくてはならないんです」

「そう、いよいよなのね。橋の風景を描くの？」

「私は人を描くのが好きなんです。ここはいろいろな人がやって来て、どこかに向かって行きます。そういうにぎやかな、活気のある姿を写したいんです」

秋作が筆を動かすと、白い紙に人の姿が現れた。簡単に輪郭を描いているだけなのに、重そうな荷物を持っている旅人か、胸をはった二本差しの侍か、供を連れた裕福なおかみさんか分かる。ちょんちょんと入れた目鼻に表情が感じられた。

「きっと立派な絵になるわ。頑張ってね」

「はい。ありがとうございます」

秋作は元気よく答えた。

二日ほどして、今度は河岸《かし》の近くで会った。

「あら、今日はこっちなの？」

「ええ。ちょっと、どうも、うまくいかなかったので場所を変えてみました」

「魚河岸もいろいろな人が働いているから、面白いでしょ」

「はい。とくに早朝は活気があって圧倒されました。うっかりしたところに立っていると、怒鳴られるんです」

「まあ、じゃぁ、朝からここにいるの？　それは大変」

「もう、日が残っていないので、困っています」

「大丈夫よ。いい絵になると思うわ。頑張ってね」

また三日ほどして、越後屋《えちごや》の向かいの角に秋作がいた。

「あら、秋作さん、どうしてここに？」

秋作は困った顔になった。しばらく寝ていないのか、目の下にくまが出来ていた。

「なんだか、全然まとまらないんです。気持ちばかりが焦って。もう、だめです。今までのものは全部捨てました。新しい気持ちで今朝からここにいます」

「そうなの。……あんまり根を詰めると体に毒よ」

「いや……、もう時間がないんです」

そう言った秋作の腹が鳴った。

「ご飯は食べたの？」

「いえ。朝から何も食べていません」

「だめよ、そんなことじゃぁ。店に来なさいよ。ご飯を食べて、少し休んで。そのほうがいい絵が描けるわよ」

お高は少し強引に秋作を丸九に連れてきた。

残りご飯にじゃこを混ぜて握り飯にし、いわしの煮つけときんぴらごぼう、ぬか漬けを出した。汁は梅干とところにおかかを加えて湯を注いだものだ。

「ありがとうございます」

秋作はよほど腹がすいていたのだろう。握り飯を頬張った。

「あと、もう、描けるのは五日しかないんです。六日後の朝には絵を仕上げて、双鷗画塾に持って行かなくてはなりません。それなのに、まだ、下絵も出来ていないんです。気持ちばかりが焦ります」

「作太郎さんはなんて言っているの?」

「今さら焦ってもしかたがない。今ある力を見せればいいんだ。画塾の先生たちも、秋作の五年間を見ているんだ。突然、すごいものを描いてくるとは思っていないよ」

作太郎らしさが戻ってきたとお高はほほえんだ。

「……今の力ではお墨付きがもらえないと思ったから作太郎さんのところに来たのに、ひどいですよ。梯子《はしご》をはずされたというのは、このことだ」

秋作は憤慨する。

「そうよねぇ。朝から走ったり、素振りをしたり頑張ったものねぇ」

「飯炊きもです」

「ご飯も上手に炊けるようになったわ」

「お高さん。からかわないでください。私は、飯炊きを習いに江戸に来たわけではありません。絵描きになりたいんです。田舎の両親は私が自慢なんです。お墨付きがもらえなかったら、恥ずかしくて故郷に帰れないんですよ。とにかく、なにがなんでも、絵を描いてお墨付きをいただかなくちゃならないんです」

秋作はきんぴらごぼうを口に押し込んだ。

お高は茶をいれた。

「ここには双鷗画塾の人も来るのよ。以前にも、同じような話を聞いたわ」

「……その人は、どうなりました」

「お国に帰っていった。その方は国元に奥様とお子さんをおいて、江戸に来ていたのよ」

秋作は黙っている。

信二郎《しんじろう》という名だった。よほどの覚悟で江戸に来たにちがいない。背水の陣である。それでも双鷗は引導を渡す。絵の力、本人の資質だけを評価するのだ。

「でもね、……江戸の双鷗画塾で五年修業したってことはそれだけで立派でしょう。お墨付きがなくても、いいんじゃないの？」

口をへの字にして秋作は一点を見つめている。

「作太郎さんにも同じことを言われました。絵の修業はどこでもできる。隠居してから本格的に絵を描きはじめて大成した人もいるじゃないかって。私も瓦版《かわらばん》を描きながら、絵の修業をしている人も知っています。……でも、それじゃぁ、だめなんです。私はひとかどの者になりたいんです。それも今すぐ。絵で身を立てるってそういうことでしょう？　絵描きになれなかったら、私の人生は失敗なんです」

「そんなに思いつめないほうがいいと思うわ。絵描きにならなくても、ほかにやることはたくさんあるじゃないの」

「私は、作太郎さんのことを尊敬しています。大好きです。でも、ときどき、憎らしくなります。あの人の絵は……、なんていうのかな……、華やかで軽やかで気持ちがいいんです。とっても贅沢なんですよ。それは作太郎さんが生まれつき持っているもので、いくら努力しても身につかない。真似ができないんです。でも、それがどれほど、すごいことか、あの人は気がついていない。本気にならない。ずるいと思いませんか？」

「でも、今は、屏風絵を描くために苦労しているでしょう？　違うの？」

「私に言わせれば、あんなの苦労でもなんでもないです」

秋作は激しい言い方をした。暗い目をしていた。

「絵描きと名乗るならば、絵に向かうときは、きちんと自分を追いつめなくてはいけないのだと双鷗画塾の先生に言われました。私はそれができないから、中途半端な絵しか描けないそうなんです」

「そう。……私には絵のことはよく分からないけれど」

「作太郎さんも逃げています。そう思いませんか？」

「それは人それぞれじゃないかしら。たとえば、もへじさんは……」

「もへじさんは、ちゃんと自分を追いつめています。あの人は飄々《ひょうひょう》としているようだけれど、本当は違います。つねに絵筆を手放さない。四六時中絵のことを考えている。もへじさんが独り者なのは、絵の世界に住んでいるからですよ。女の人はそれについていけなくなる」

思いのほか深い洞察に驚いて、お高は秋作の顔を見つめた。

「でも、作太郎さんは違うでしょう。あれほどの才能があるのに。もったいないですよ。少しぐらい、私に分けてくれてもいいのに」

秋作の声に森三の言葉が重なった。

――作太郎はもう本気で絵を描かないんだろ。だったら、僕が作太郎の絵を描く力を、もらっていくよ。

「もう、それ以上、言わないで」

「言いすぎました。申し訳なかったです。ごちそうさまでした。私はもう少し絵を描いていきます。戻って、今日こそ、下絵を仕上げなくては」

小さく頭を下げると、秋作は出ていった。

お高は厨房にひとり残された。

湯飲みを片づけようと手を伸ばしたら、その手が震えていることに気がついた。

砂抜きのために桶《おけ》に入れたあさりが、がさごそと音をたてていた。上にのせた紙をはずして中を見ると、あさりたちは白い足や管を伸ばしていた。

桶をゆらすと、あさりたちはあわてて貝を閉じた。

けれど、よく見ると、足や管を伸ばしたままのあさりがあった。白い管がだらりと伸び切っている。

お高はそれを取り出して捨てた。

嫌な気持ちがした。

その日は五がつく日で、夜も店を開ける。酒も出すので、朝とは少し違う料理を考えている。

「今日のお菜《さい》はなんですか」

前掛けをしめながら、お栄がたずねた。

「豆あじの南蛮《なんばん》漬け、青菜の白和《しらあ》えと、ぬか漬け、あさりのみそ汁に白飯、お汁粉で実山椒《みざんしょう》の佃煮《つくだに》を添えようと思っているの」

「南蛮漬けって、どんなのだっけ。あたし、初めて食べるよね」

お近が首を傾《かし》げる。

「何度も食べているよ。豆あじをからっと揚げて唐辛子《とうがらし》を効かせた甘酢に漬けるんだ。ねぎをたっぷりのせてさ」

「あ、あれかぁ。うん、いいね、いいね」

お近は目を細めた。

手の平にのるくらいの小さな、いきのいい鯵《あじ》が手に入ったのだ。からりと揚げれば香ばしく、骨ごと食べられる。丸九の南蛮漬けは漬け汁の砂糖を控えめにして、あっさりとした味に仕上げるから冷めてもおいしい。翌日は味がしみてさらにうまいというひと品だ。

店を開けると、幼なじみで仲買人の政次が知り合いとふたりでやって来た。豆あじの南蛮漬けと聞いて言った。

「おお。今日は当たりだな」

「いつも大当たりでしょ」

遠慮のない仲だからお高は言い返す。

「この前、長谷勝の婆《ばあ》さんに会ったらさ、例の屛風のほうは進んでいるのかって聞かれたから、絶好調ですよって答えておいた」

「それは、どうも。お世話になります」

政次の連れは初めて見る顔だった。どうやら河岸の関係の人らしい。海老茶の粋《いき》な着物を着ていた。

「ほう、ほう。こちらが、あの長谷勝のお寅さんに屛風を買わせたっておかみですか。お話は政次さんからうかがっていますよ。あのお寅さんを説得したっていうのは、すごいことですよ」

「な、あんたもそう思うだろ。しかも、前金まで出させたんだぞ」

政次は調子にのって言いつのる。

「はい、はい。なんとでも言ってくださいませ」

お高は適当にあしらって厨房にもどった。

次に来たのは、徳兵衛と惣衛門、お蔦の三人である。

「あれ。今日は鰺の南蛮漬けかぁ。うれしいなぁ。俺はさぁ、何が好きって、鰺の南蛮漬けくらい好きなものはないんだよ」

徳兵衛がいつも通り調子のいいことを言う。

「いいですねぇ。私も好きですよ」

「丸九さんのは酢がきつくないからいい」

惣衛門とお蔦も喜ぶ。

気づくと店はいっぱいになって、客たちは盃を傾け、舌鼓を打っていた。

酒はひとり二合までと決めているので、酒好きな客は次の店に向かう。政次たちが帰って、新しい客が入って来た。

「なんとか絵を仕上げたよ。間に合ってよかった」

「ああ、結果はともかく、今日はご苦労さん会だな」

そんな話をしていた。双鷗画塾の塾生らしい。

「しかし、あれはまいったなぁ」

「なんだよ」

「秋作のやつだよ」

「ああ。画塾の先輩のものにそっくりだって話だろ」

秋作の名前が出て、お高は思わず耳をそばだてた。

「写したってことか？」

「秋作は違うって言ってるんだけどどね。それは通らんだろう。そっくりな絵が画塾に残っていたんだ。構図もだけど、鱗《うろこ》の描き方に特徴があるんだ」

「そりゃぁ、まずいだろ」

「すみません。ちょっと聞こえてしまったんですけれど。おふたりが今、話していたのは、双鷗画塾の秋作さんのことですよね」

お高は声をかけた。

「秋作をご存じなんですか？」

「ええ、お料理のことで少しお手伝いしたことがあって。……画塾の先輩というのは作太郎さんのことでしょう。いったい何があったんですか？」

「ああ、つまり、……秋作が卒業試験に描いた絵が、作太郎さんが前に描いた龍《りゅう》の絵にそっくりだったんです」

「龍の絵？　日本橋じゃなくて？」

「ええ。富士山と昇り龍」

「それで、秋作さんは、今、どうしているんですか？」

「……いや、詳しいことは、私たちは分かりかねます」

お高があれこれとたずねるものだから、ふたりは困った様子で顔を見合わせた。

厨房にも話が聞こえていたらしい。お高が戻ると、お栄が小声でたずねた。

「秋作がやっちまったんですか？」

「そりゃぁ、まずいよね」

お近が言う。

「作太郎さんの絵が好きで、心酔していたから、自分でも気づかないうちに似ちゃったんだと思うわ」

「だと、いいですけどね」

結局、その日は事情が分からないまま、店を閉めた。翌日も朝から店があり、お高の手が空いたのは昼過ぎだった。

作太郎の家に行った。

「やあ、お高さん」

顔を見せたのは作太郎だった。

「お店に来た人から、秋作さんのことをちらっと聞いたんですけど……」

「うん、まぁ、中で話そう」

座敷に上がった。秋作が使っていた部屋は襖が閉じられている。

「秋作さんは？」

「今は画塾だ。私もうっかりしていたんだ。昔の絵を貸してほしいというからいくつか貸した。そのなかに、龍を描いたものがあった。富士山を背景にして、龍が天に昇っていく。その手の絵はよくあるんだけどね。鱗の描き方を、ちょっと試していたんだ」

「じゃぁ、分かって真似をしたってことですか？」

「まぁ、山とか、雲とかは違うんだけどね。全体としてみるとよく似ている。……というか、まぁ、ほとんど同じだ。習作だから、真似ても分からないと思ったのかなぁ。どうして、同じものが画塾にあると考えなかったんだろう」

作太郎は苦い顔になった。

「秋作さんは日本橋の風景を描いていましたよね。写生をしているときに、何度かお見かけしました」

「そうなんだよ。人が描きたいって言ってね。下絵を見てくれと言われて、意見を言った。稚拙なところもあったけれど、あの男らしい明るさがあった。人もよく描けていた。だから、このまま仕上げればいいよと言ったのに……」

「どうしても卒業したいって言ってたから……。その絵ではだめだと思ったんでしょうか」

どうして自分の力を信じなかったのか。お高は悔しい、残念な気がした。

「双鷗先生もがっかりしていた。……結局、絵を描くときはひとりなんだよ。自分と向き合うことになる。自分の弱さも、強さも、いいところも、悪いところも、みんな出てしまう。怖いんだ。だから、まっすぐ前を見ていないと、暗い方に引っ張られてしまう。……自戒をこめて言っているんだけどね」

「秋作さんは自分に負けてしまったってことですか」

作太郎は答えない。

遠くでのどかな物売りの声がした。

秋作の実家は下総《しもうさ》の下駄《げた》屋と聞いた。

五年前、大きな夢を描いて双鷗画塾に入塾したにちがいない。今は、どんな思いでいるのだろうか。

「双鷗先生が秋作を心配してね、私が預かったらどうかって言ってくれたんだ。だけど、本人に伝えたら断られた。まぁ、そうだよな。早晩、郷《さと》に帰ることになるだろう」

「秋作さんは、作太郎さんに憧れていました。作太郎さんの絵は、華やかで軽やかで気持ちがいいんだって。それは作太郎さんが生まれつき持っているものだから、うらやましいと」

——それがどれほど、すごいことか、あの人は気がついていない。

最後の言葉は飲み込んだ。

数日後、秋作が丸九を訪ねてきた。

店を開ける前の時間だった。急に冷え込んで風が冷たい。空は青く、どこまでも高く澄んでいる。秋作は旅支度をしていた。

「お高さんには本当にいろいろお世話になりました。江戸を去ることにしました。今までありがとうございます」

「国元に帰るんですか」

「はい。父には文《ふみ》で詫《わ》びました。正直に、全部、洗いざらい。そうしたら、分かったから、すぐに戻ってこいと返事が来ました。五年間よく頑張ったって言ってもらいました」

「いいお父様ですね」

「はい」

秋作はふと空を見上げた。目が少し赤かった。

「昨日、双鷗先生と話をしたら、いろいろなことが腹に落ちました。私は人に認められたかったのです。すごい、偉いとほめてもらいたかったんです。最初から間違っていました」

「でも、絵は好きなんでしょう？　ほら、日本橋で描いていたでしょ。あの絵は、歩いてくる人、それぞれに表情があってとっても楽しかったです」

「ありがとうございます。そうですね。今でも、やっぱりまだ、絵は好きです。苦しい、切ない、悔しい思いをしたけれど。どこかに絵の神様がいたら、あやまりたいです」

秋作はぺこりと頭を下げた。

「ちょっと待ってて」

お高は厨房に戻ると、急いで握り飯をつくって竹の皮に包んだ。芋《いも》の煮ころがしと青菜のおひたしとぬか漬けを籠《かご》に詰めた。

「途中でお腹がすいたら食べてね」

手渡した。

口をへの字に結んだ秋作は何度もうなずいた。お高はその背中を見送った。背筋を伸ばし、風に向かって歩いていった。

第四話　匂《にお》い松茸《まつたけ》、味しめじ

一

裏庭の小菊が最初の花をつけた。

午後遅く、厨房《ちゅうぼう》の戸をたたく者がいた。なじみの八百屋が顔を見せた。

「松茸《まつたけ》を買ってくれないかな。安くするよ。味はしめじにかなわないけど、香りはうんといいんだよ。上方《かみがた》の人は、大好きなんだよ、これが」

関東近郊で採れるのは甲州《こうしゅう》だけなので、松茸は江戸っ子にはあまりなじみがない。だが、父の九蔵は英《はなぶさ》で板長をしていたころ、秋になると盛んに松茸を使った。奉書《ほうしょ》焼きに土瓶《どびん》蒸し、京風に炊き合わせたりもしたそうだ。

しかし、一膳《いちぜん》めし屋の丸九に、松茸はいかがなものか。

「そうねぇ」

お高は籠の中をながめた。松茸は笠の部分が膨らみはじめてきた「つぼみ」が大半で、笠の開いた「開き」と先の丸い「ころ」も少しまじっている。笠の裏側が黒ずんでしまったものは香りもとんでいるのだが、この松茸は笠の裏側は白い。

「まだ、新しいみたいね」

「そうさ。今朝、甲州から届いたばかりだ。じつは、一軒、あてにしていたところがあったんだけど断られちまったんだよ。たしか、今日は、夜も店を開ける日だよね。酒飲みには喜ばれるよ」

もうひと押しという感じで八百屋は言う。

「分かったわ。じゃぁ、それ、お願いします」

お高は言った。

顔を近づけると、落葉や苔《こけ》に似た香りがした。一瞬、山深い森の中にいるような気持ちになった。

「おや、今日はまた、めずらしい品が出るんですね」

お栄が興味津々《しんしん》という顔で籠をのぞきこんだ。

「香りなんて、全然しないよ」

さっそく鼻を近づけたお近が言った。

「火を入れると香りがたつのよ。そうねぇ。土瓶蒸しというわけにはいかないから、吸い物にしようかしら」

その日の献立《こんだて》は、一夜干しのするめいかと青菜のおひたし、ぬか漬けに白飯、甘酒を使ったひと口饅頭《まんじゅう》だ。いつものみそ汁の代わりに、松茸の吸い物を入れた。

夜、店を開けると、さっそく徳兵衛、惣衛門、お蔦《つた》の三人がやって来る。

「なに？　松茸の吸い物？　へぇ、めずらしいねぇ。今年初めて食べるよ」

「秋も深まりましたからねぇ」

「みそ汁もおいしいけど、たまには吸い物もいいねぇ」

三人はいそいそと席につく。

そのとき、仲買人の政次がひとりでふらりとやって来た。

「へぇ、松茸かぁ。粋《いき》だねぇ」

献立を聞いて妙にうれしそうな顔になる。

「松茸がどうか、しましたか？」

惣衛門がたずねる。

「いやいや、今日は、とっておきの話があるんですよ。草介《そうすけ》のやつ、松茸のせいで美人に追いかけられているんだ」

草介はお高の幼なじみだ。植木屋の植定《うえさだ》の息子で、尾張《おわり》で八年ほど修業して江戸に戻り、今は立派な若棟梁《とうりょう》である。がっしりとした体軀《たいく》で眉が太く、男らしい顔立ちをしている。若い見習いを連れて、丸九にもよく食べに来る。

「なんだって。草介がどうしたって？　聞き捨てならないねぇ」

徳兵衛がすぐに話にのってくる。

「いや、だからね」

政次はさっそく徳兵衛の隣に座る。惣衛門、お蔦も身を乗り出した。

「草介が尾張で修業していたのは知っているでしょう。そこに、妙齢のきれいな娘さんがいてね、草介のことを憎からず思っていたらしいんだよ。だけど、ほら、そういうところが、あいつは鈍いからさぁ……」

「仕事を覚えるのに一所懸命で、それどころじゃなかったんだろう」

お蔦が草介の肩を持つ。

「そうですよ。親方のところの娘さんに気を取られてちゃ、だめですよ。なんのために行ったか分からない」

惣衛門もたしなめる。

「はは、ああ、まぁ、そうなんだけどね。……なんだ、厳しいなぁ。まぁ、いいや。ともかく、時季だからって丹波《たんば》の方の上等な松茸を送ったんだってさ。その村の名前が、たまたま相生《あいおい》」

「相生の松かい?」

端唄《はうた》師匠のお蔦はなにやらぴんときたらしい。徳兵衛は「はてな」の顔になる。

「でね、こっちからも、季節の挨拶状《あいさつ》を送った。その文《ふみ》をしたためた紙に女郎花《おみなえし》の絵が描いてあった」

「女郎花ねぇ」

惣衛門がなにやら考えている。

「それを見た相手の娘さんは喜んだ。『いよいよかか』ってなもんで、先方の母と娘が連れ立ってやって来た。草介の親父《おやじ》さんとお袋さんも喜んで話が進んでいる。なにがなんだか分からないのは、草介だけだ」

「ええ、俺も、分からないよぉ。なんだよ。教えてくれよぉ」

徳兵衛が声をあげ、お蔦が説明する。

「だからね。祝言《しゅうげん》のときに『高砂《たかさご》ヤァ、この浦舟に帆をあげて』って謡《うた》うだろ」

「知っているよ。めでたい夫婦の祝いの謡だ。末永く仲良く、睦《むつ》まじくって意味があるんだろ」

「そうだよ。で、あの謡の正式の名前は『相生』なんだ」

「なるほど、つまり、ただの季節の挨拶じゃなくって、そろそろ、話を進めましょうかってなぞだね。で、女郎花には、どんな意味があるんだよ」

今度は惣衛門が解説する。

「謡曲の『女郎花《おみなめし》』はね、離れて暮らす男女の物語なんですよ。そこから、女郎花には約束っていうような意味が生まれた」

「……ってことは、先方は、かねてのお約束通り、娘さんとのお話を進めましょうかってことか。ひゃぁ、そりゃぁ、大変だ。……あれ、だけどさ、草介は約束みたいなものを交わしたのかい？」

「いやいや。とにかく、修業先のお嬢さんってだけで、話なんか、ろくにしていないって言うんだよ。……あ、お近ちゃん、ここに酒を頼むね」

話は盛り上がり、政次と徳兵衛、惣衛門はさしつ、さされつになっている。

「男はそういうところが鈍いから、こっちはただの世間話のつもりでも、向こうにとっては大事なこと……、なぁんてことがあるんじゃないですか。たとえばね、お祭りも近いですから、浴衣《ゆかた》のひとつも縫いましょうかなんてね。断ったつもりなのに、気づくと浴衣が出来上がっている……」

「ああ、あるね。……ある、ある」

端整な役者顔の惣衛門の言葉に、たぬき顔の徳兵衛も真剣な様子でうなずく。

「あたしの考えではね、これは先方のお母さんと草介のお母さんの謀《はかりごと》だよ。草介さんが気づくのを待っていたら、いつまでたっても話が進まない」

お蔦の言葉に、惣衛門が膝《ひざ》をうつ。徳兵衛もうなずく。

「そうですよ。それですよ。お種《たね》さんもなかなかの人ですから」

「そうそう、しっかり者でさ、うちのやつも頼りにしている。だいたい相生村で女郎花なんて話が出来すぎている。草介が女郎花の絵のついた文を送ったのは、お種さんの差し金だろう。あいつなら、どう考えても白無地じゃないか。そいで、向こうの娘さんはどういう人なんだよ」と徳兵衛。

「年は十八。聞いた話じゃ、きれいな人なんだってさ。背がすらっとして、目がぱっちり。草介はでかくて気の強い女が好きらしいから、いいんじゃないか」

茶を運んできたお高の顔をちらりと見ながら、政次が言う。

「草介さんはいい男だからねぇ。男前だし、気持ちもさっぱりしている。腕も確かだ。いい棟梁になるよ。そりゃぁ、女がほっとかないよ」

「だからさぁ、決める時はばしっと決めないとさぁ」

「そうだねぇ。女の方から言ってもいいんだよ。案外、男はそういうの嫌いじゃないから」

徳兵衛もちらりとお高に顔を向ける。

いつの間にかお高の話になっているらしい。

「どなたのお話ですか」

政次や徳兵衛がなんやかやと、お高を酒の肴《さかな》にするのはいつものことなので、お高も適当にあしらう。

そのとき、また新しい客が入って来た。

「あれ」

徳兵衛が大きな声をあげた。

草介の母親、お種だ。連れがふたりいる。どうやら話題の母娘《おやこ》である。

「こんばんは。お高さん、お久しぶり。お席、あるかしら。亭主と草介は寄り合いがあって出かけてしまったのよ。私たちもどこかおいしいものを食べに行こうって考えたら、丸九を思い出したのよ。今日は夜も店を開ける日だわって」

「それは、ありがとうございます。どうぞ、こちらに」

お高はちょうど空いていた、徳兵衛たちの隣の席に案内をした。

「まあ、お仲間が集まっていらっしゃるのね。こちらは尾張からいらした芳野《よしの》さんとお嬢さんの郁乃《いくの》さん。草介が修業をさせていただいたところなの」

お種はゆったりとした口調で連れを紹介した。

一瞬、政次、徳兵衛、惣衛門の三人は、いたずらが見つかった子供のような顔になった。

涼しい顔をしているのは、お蔦だ。

芳野の家は大名家や寺社などの庭を手がける尾張でも名の知れた植木屋だという。

「お見知りおきを」

挨拶する芳野は、堂々とした貫禄《かんろく》がある。娘の郁乃は少し目じりのあがった子猫のような顔立ちで、陽気な感じがした。

「江戸は初めてですか」

物衛門がたずねた。

「ええ。草兄《そうあん》ちゃんからいろいろお話をうかがっていたので、一度、たずねてみたいと思っていました」

「あんたは草介のこと、草兄ちゃんって呼んでいるのかい?」

徳兵衛が口を開く。

「私には兄が三人いて、すぐ上の兄と草介さんは仲良しで、高《たか》さん、草《そう》さんって呼び合っているんです。いつからか、私も草兄ちゃんって呼んでいました」

草介が尾張にいたのは八年だ。最初に会ったとき、郁乃は十歳の少女だったのだ。

「元気がよくて、男の子みたいに育ってしまって……」

「いやいや。気風《きっぷ》のいいおかみさんになりそうですなぁ」

物衛門が言う。

「そうなら、いいんですけど」

芳野が答える。

そのとき、お高が料理を運んで行った。

「あら、めずらしい。松茸のお吸い物？」

「いつもはみそ汁なんですけれど、たまたま、今日は松茸が手に入ったので」

「うちはみんな、松茸が大好物なのよ。いい香り」

郁乃が目を細めた。

「お、ひとつ浮かんだぞ」

徳兵衛が膝をうつ。

「久しぶりになぞかけですね」

「そうだよ。気分がいいとさ、頭が冴《さ》えるんだ。松茸とかけて上手にご飯を炊く人ととく」

「ほうほう、松茸とかけて、上手にご飯を炊く人ととく。その心は……」

「その心は……、松（待つ）が大事です」

ご飯は蒸らし方が大事と言いたいらしい。

「お、こっちも浮かんだぞ」

入り口の方の席から声があがった。

「おや、おや。その声は、足袋《たび》屋のご隠居ですね」

惣衛門が受ける。

「松茸とかけて、雨の日の洒落者《しゃれもの》ととく」

「ほう、その心は……」

「かさが大事です」

成長につれて、ころ、つぼみ、開きと変わる松茸の笠と、傘をかけたものだ。

「なんだよ。俺より、面白いじゃねぇか。だめだよぉ」

徳兵衛がすねて、みんなが笑った。郁乃も声をあげて楽しそうにしている。晴れやかな笑顔だった。

物おじしない郁乃は潑剌《はつらつ》として、まぶしいほどの若さにあふれている。はっきりものを言う女が好きだと言っていた草介と似合いだとお高は思った。

客たちが帰って片づけをしているとき、お栄がぽつりと言った。

「一年前なら、あたしはきっと『ほら、お高さん、ぼやぼやしているからいい男がまたひとり、取られちゃったじゃないですか』なんて言ったでしょうねぇ」

「あら、じゃぁ、今は、言わないの？」

皿をふきながら、お高がからかうようにたずねた。

「言いませんよ。あたしはね、今までよく働く亭主を持って、立派に子供を育てあげるのが女の人生すごろくの上がりだと思っていたんですよ。二度亭主を持って、二度ともうまくいかなかったあたしは、上がりをのがしちゃったハズレ組。でもね、時蔵さんに会って付き合うようになって気づいた。あたしの人生すごろくは、誰かの女房になって家の中でお世話することじゃない。そりゃぁ、時蔵さんはやさしくて、いい人で、あたしにはもったいないような人でしたけどね、それとこれとは違うんですよ」

「お栄さんがそう言うなら、きっとそうなのね……」

「もちろん。女の人生すごろくの上がりはひとつじゃないんですよ。その人、その人に幸せの形があるんです」

「ふうん。そういうもんなの？」

お近は、よく分からないという顔で鍋《なべ》をふいていた。

「このごろ、しみじみと思うんですよ。お高さんが店を継ぎたいって言ったとき、旦那さんは反対したでしょ。嫁にいけなくなるって。あたしはね、あのとき、店一軒回していくのは大変なことだから、お高さんに辛《つら》い思いをさせたくないって意味だと思っていたんですよ。だけど、違った。全然、そういう意味じゃない。やっぱり、旦那さんは偉い人ですよ。もう、先々のことまで見通していた」

「じゃぁ、どういう意味だと思うの？」

お高はたずねた。

「丸九が一番大事になってしまうってことですよ」

「そのどこが悪いの？　お高さんは丸九のおかみなんだから、丸九のことを一番に考えるのは当然じゃないか」

お近が言った。

「今はね。でも、ご亭主を持ったらそうはいかない。一番はご亭主。子供や舅《しゅうと》さん、姑《しゅうとめ》さんもいる。その人たちに不自由をかけちゃいけないんですよ」

「そんなこと、誰が決めたのさ」

お近が口をとがらせた。

「だからぁ、それが嫁の役目ってことに昔からなっているんだよ。それが世間ってもんさ」

お栄は台布巾をきゅっと絞りながら、自分の言葉に自分でうなずく。

「そんなの気にすることないよ。お高さんには丸九があるんだから。それが、お高さんの人生すごろくの上がりだよ」

お近が言う。

「そう、そう。私はそれがいいわ」

お高も続ける。

「だからね、あたしもさっきから言っているでしょ。女の人生すごろくの上がりはひとつじゃないって」

そう言ったお栄は台布巾を持った手を休め、ふと、顔を上げてたずねた。

「で、作太郎さんのことはどうするつもりなんですか」

「どうするって……」

「今、長谷勝さんの注文の屏風絵《びょうぶえ》を描いていますよね。……出来上がったら？　その先のことですよ。なんか考えているんですか」

「うーん、そうねぇ」

お高は黙った。

考えていないと言ったら嘘《うそ》になる。

たとえば、作太郎と暮らすこと。作太郎が絵を描き、お高は料理をする。

そうなったら、うれしい。幸せだ。けれど、それは淡い夢のようなものだ。

お高には丸九がある。お栄やお近の暮らしを預かっていて、徳兵衛や惣衛門やお蔦たち、お客がいる。

作太郎にかかりっきりになるわけには、いかない。

「だって、作太郎さんの一番は絵だもの」

「でもね……、これだけお高さんに世話になって、絵が出来ました、ありがとうございますってのは、ないですよね。男として」

「そうだけど」

「お高さん、聞いてみたこと、あるんですか？　どうするつもりですかって」

「聞いてどうするの？」

「うーん」

お栄は言葉に詰まる。

もしも……、もしも、作太郎がいっしょに暮らしたいと言ったとしても、お高は「はい」とは言えない。丸九があるから。

「作太郎さんも、もへじと同じで、女の人と暮らすのは面倒くさいと思っているよ。絵を描くのに邪魔になるもん」

お近がきっぱりと言う。

「困りましたねぇ。それじゃぁ、先がないってことじゃないですか」

お栄がつぶやいた。

二

秋の日を受けて、木々の葉がきらきらと光っている。風が花の香りを運んできた。

作太郎とお高は浄光寺に向かっている。作太郎とお高が持っている風呂敷《ふろしき》包みの中には五人分の料理が入っている。

住職ともへじ、作太郎とお高、森三の五歳上の兄、橘宗二《たちばなそうじ》の分である。宗二は江戸で医術を学び、師である橘家の娘婿《むすめむこ》となり、上野池之端《いけのはた》で医院を開いている。

緑に包まれた浄光寺は人影もまばらで静かだった。

森三の墓に花を供え、本堂に向かう。訪《おとな》うと、広間に案内された。壁にはすでに森三の涅槃図《ねはんず》『花宴《はなのえん》』がかかっていた。

作太郎が座り、お高が続く。

いつ見ても淋《さび》しい絵だと思った。

粉雪が舞う冬景色だ。

釈迦を表した松の幹はひび割れているし、弟子たちである萩《はぎ》や牡丹《ぼたん》、女郎花は散っている。周囲の灌木《かんぼく》は風になぎ倒され、地面に伏した草は枯れてねじれている。

住職はこの絵を見た人々は、その後外に出て、命にあふれた真夏の風景の中にいる自分に気づく。命の尊さを知ると言った。

そうだろうか。

ならば、どうして、森三は死を選んでしまったのだろう。

このことを考えるたび、お高はのどの奥に何か詰まったような気がする。

静かにもへじが入って来た。

「先に来ていたのか」

作太郎に声をかけて隣に座る。

「あらためて見ると、すごいな。細部にまで命が宿っているようだ」

「ああ。下絵から、完成するまでつぶさに見ていたのに、また、こうして見ると、初めて見る絵のような気持ちになる」

そのとき、住職とともに、ひとりの男が入って来た。すらりと背の高い、けれどしっかりとした体つきの中年の男だった。

「森三の兄の橘宗二と申します。弟の文には作太郎さんやもへじさんの名前がよく出てきました。いつか、お礼を申し上げたいと思っておりました。森三と親しくしていただいて、ありがとうございます」

宗二はていねいに頭を下げた。

「いや、こちらこそ。私たち三人はよい仲間でした」

もへじが答えた。

「森三は幼いころより体が弱かったので、友達というものがいなかったのですよ。おふたりは森三の初めての友達でした。それまでは読本《よみほん》の主人公や……森三だけに見える不思議な生き物が友達でしたから」

そう言って、宗二は涅槃図を見上げた。

「子供のころの弟は風にあたっただけで熱を出したんですよ。何をするのも特別扱い。腫《は》れ物にさわるというのは、あのことですよ。そんなわけで、私の上に兄がひとりいましたけれど、森三の部屋には入ってはいけないと言われていた。男の子は乱暴だからと。あいつと親しく文を交わすようになったのは、私たちが江戸に出てきてからですよ。しかし……、弟ながら立派な絵だ。よかった。この絵が遺《のこ》せて」

そう言って黙り、しばらく見つめていた。

法要の後、会食になった。

お高は里芋、高野《こうや》豆腐、三度豆の煮物、菊の花ときのこのからし和《あ》え、柿の揚げ物、それに香《こう》の物とぎんなんご飯をお重に詰めて用意していた。

「そういえば、さっき、この絵が遺せてとおっしゃっていましたけれど、森三はなにか、そのようなことを言っていたのですか」

作太郎がたずねた。

「いえね、弟はとにかく体が弱かった。そして、いつのころからか自分は十歳までしか生きられないと信じていた。……十歳を過ぎたとき、これは天からいただいた命で、自分には天が与えた使命があり、それを果たさなければならないと思うようになった」

「それが絵を描くことだったのか」

もへじがつぶやいた。

「ただの絵ではだめなのです。特別なすばらしい絵。自分のすべてを注ぎ込み、なお、その先にあるような絵」

作太郎が遠い目で言った。

「いつだったか、森三が泣きだしたことがあった。何度やっても、思うような線が描けないと言うんだ。大丈夫だよ、今日は疲れているんだ。明日になったら描けるよ。そうなぐさめたら、すごく怒った。作太郎の一日と自分の一日は違う。明日はどうなるか分からない。自分の一日はもっともっと重いんだ」

しばし沈黙があった。

お高の心にやせた少年の姿が浮かんだ。

ほかの子供がまだ眠っている早朝、かじかむ手に息を吐きかけながら、画帖《がじょう》に向かっている。何かに追われるように、描いていた。

「郷《さと》にいるころは絵が好きだから描いていた。絵を描くのが楽しみだったはずなのに、自分に使命を与えてしまったことから、少しずつ絵を描くことが苦しくなったようです。双鷗画塾《そうおうがじゅく》にはすごい絵を描く人がたくさんいる。負けたくないけれど自分には時間がない。才に恵まれ、絵を楽しんでいる作太郎さんやもへじさんがうらやましいと書いてきました」

「そんなことはないですよ。私たちのなかで、一番、絵がうまかったのは森三だ」

作太郎が言う。

「双鷗先生も、画才を高く買っていらっしゃいましたよ」

お高も言葉を添える。

「そうだったんですね。あるとき、私宛ての文に書かれていました。双鷗画塾で学んだが、技量はまだ十分ではない。何を描くべきかも見えない。このままでは自分の一生は失敗だ。そう書いてありました。私は驚き、森三に会いに行ったんです。お互い江戸にいて、会おうと思えばいつでも会えるのに、私はそのときまで自分の忙しさに紛れて会っていなかった」

宗二は淋しそうな顔をした。

「私は言いました。人生に成功も失敗もない。生きていることが尊い。たとえ思ったような絵が描けなかったとしても、お前の一生はむだではないんだ。でも、森三は納得しません。自分には時間がない。消渇《しょうかち》という病にかかっていて、やがて失明するんだと」

「その病気のことは聞いたことがあります。でも養生《ようじょう》していれば、すぐにどうこうするものではないのでしょう？」

作太郎がたずねた。

「ええ。私は自分が修業している医院に連れて行き、薬も処方しました。ただね、病気そのものよりも、気持ちの落ち込みのほうが大きかったんです」

短い沈黙があった。甲高《かんだか》い鳥の声がした。

「……この絵は、……失敗ではないですよね。弟はこの絵の仕上がりに満足していたのですよね」

宗二が真剣なまなざしでたずねた。

「もちろんですよ。細部にまで命が宿るすばらしい作品だ。森三という絵師のすべてが注ぎ込まれている」

作太郎が言った。

「この絵を見るために、毎年、寺に足を運ぶ方もたくさんいらっしゃる。自分が今いることに感謝するとおっしゃいます」

住職が続ける。

「そうですか。この淋しい、悲しい絵に、ですか？　……じつは、私は弟はこの絵に取り込まれてしまったのではないかと心配していたのですよ。厭世《えんせい》的な気持ちが強くなって、生きる気力を失ってしまったのではないかと」

「それは、違いますよ。この涅槃図は『花宴』と名づけられています。花は描かれていません。けれど花はあるのです。春になれば草木は芽吹く。豊かな秋の恵みのために、冬は必要な季節なのですよ。森三さんが亡くなったことは悲しいことです。本人にしか分からない大きな理由があったのだと思います。でも、それは、もう、私たちには分からないあまり、お考えになりませんように。ともかく、森三さんはすばらしい絵を描ききった。

仏様もきっと喜んでいらっしゃいます」

住職は諭《さと》す。

「そうですか。……そう言っていただいて、安心しました。郷《さと》の両親にも、いつかそう言ってやりましょう」

散会になったのは、夜だった。

作太郎ともへじ、お高の三人はいっしょに帰った。白い月が雲間からのぞいていた。三人が歩くと、月もついてくるように思えた。

「あんなにいつもいっしょにいたのに、森三のこと、何も分かっていなかったな」

作太郎が言った。

「あいつはさ、自分のことをしゃべらないんだよ。いつもにこにこ笑って、人の話を聞いていた」

もへじが続けた。

「人見知りのくせに、親しい人には甘えるのが上手だった。とくに女の人にはな。みんな森三を甘やかした」

「あいつ、憎いことを言うんだよ。あじさいを見ていたら、あなたのことを思い出しましたとかさ。そんなこと、なかなか言えないよ」

「森三だから言えるんだ。あの男は、自分がかわいらしいってことを知っていたな。ちょっと上目遣いで、すねるんだ」

「そうそう。ずるいんだ」

ふたりは声をあげて笑った。お高はその背中を見ながら、歩いていた。

「……なんで死んだのかな」

作太郎がぽつりと言った。

もへじは答えない。

「燃え尽きたのかな。すべて出しきって、最高のものが描けたから」

「違うな。それは違う。そんなこと、あるわけないだろう。頂上に立てば、また別の頂が見えてくるんだ。絵描きの欲は限りがないんだ」

「そうか。もへじはそんなふうに思って描いているのか」

「当たり前だ。作太郎は違うのか」

「……どうだろう。分からないな。私は描くのが好きだ。人にほめられるとうれしい」

「同じだよ。俺も同じだ。人にほめられたい。認められたい。いい絵を描きたい」

作太郎ともへじはまた、黙った。足音だけが響いていた。

「雨降りだったな」

「森三が死んだ日か。作太郎が呼びに来たんだよな。森三が川に落ちたって」

「遺書らしいものがあった」

「あいつ、水がきらいなのにな。なんで、水に入ろうなんて思ったんだろう」

また、ふたりは黙った。

「俺のせいだ」

「まだ、そんなことを言っているのか」

作太郎は答えない。

「あのな。絵を描くから絵描きなんだ。描くしかないんだよ」

「お前の言うことは、いつも同じだな」

粉雪が舞っているような気がしてお高は見回した。

夜の闇《やみ》が辺りを包んでいる。

森三の涅槃図が心に浮かんだ。

死と生は北と南のように真反対のものだと思っていたが、もしかしたら紙の裏表のようなものかもしれない。くるりと簡単にひっくり返ってしまうのだ。

いや、そんなはずはない。

去年の花と今年の花は違うのだから。

死んだ人間は戻れない。

あの花たちも消えていった。

なぜ、花の宴なのか。どんな意味があるのだろうか。

お高はとりとめもなく考えていた。

『花宴』。


買い物に出た帰り道、日本橋川のあたりを急ぎ足で歩いていると、草介に会った。

「先日はお母様がいらっしゃったのよ。ありがとうとお礼をおっしゃってくださいね」

お高が言うと、草介は少しあわてた顔になった。

「いや、お世話になりました。あの日は、たまたま尾張から客が来たんですよ。政次もいたんでしょ。どうりで、くしゃみが止まらないと思った」

「そりゃぁ、そうよ。でも、楽しんでいただけたみたいで、よかったわ」

「ああ、そりゃぁ、もちろん。三人とも上機嫌で戻ってきましたよ」

ふっと間があく。

「まぁ、そんなわけで、俺も嫁をもらうことになりました」

「おめでとうございます。いいご縁なんでしょう」

「まぁ、植木屋の娘だから仕事のことも分かっているし。お袋同士も仲がいいしね。……郁乃と最初会ったときは、向こうはまだ、ほんの子供だったから。急に、嫁さんにとか言われても変な感じだよ」

頬《ほお》を染めて照れている。

「明るくてはっきりとしていて、気風《きっぷ》のいいおかみさんになりそうね」

「だといいけどな」

「それは大丈夫。お母様がついているもの」

「はは、まったくだ」

草介は声をあげて笑った。大らかな気持ちのいい笑顔だった。

川風がお高の襟《えり》もとを吹き抜けていった。

草介はよく働いて、家族思いのいい亭主になるだろう。郁乃という娘も草介を支える働き者のおかみさんになるにちがいない。

お高が選ばなかった、そういう幸せがあるのだ。

ふたりの人生すごろくに、いい目が出ますように。お高は心の中で祈った。


ひと月以上かかって、作太郎はようやく屏風絵の下絵を描きあげた。長谷勝に見せに行くから、お高についてきてほしいと言われた。

「今、この段階できちんと話を詰めておかないと。後で言った、言わないになると困ります。それに、お高さんは、長谷勝さんに対しての責任もあるでしょう？」

ひどくまじめな顔で作太郎は言った。

長谷勝の店は日本橋通町《とおりちょう》にある。白壁の蔵造り、藍色《あいいろ》ののれんを掲げた大店《おおだな》である。お客でにぎわい、番頭や手代《てだい》が忙しそうに働いている店の脇を抜け、勝手口に回る。出て来た女中に、屛風絵の下絵が出来たので一度見てほしいと言うと、奥の座敷に案内された。

座敷で待っているとお寅が来た。お高の肩ぐらいまでの背丈だ。ひどくやせて、目方はお高の半分くらいではなかろうか。背中も少し曲がっている。けれど、口元はきりりとして、意志の強そうな瞳が光っている。

「下絵が出来ましたか。待っていたんだよ」

そう言って座布団に座る。ちんまりと座ったお寅は置き物のように見えた。

娘がふたり入って来て、お寅の隣に座った。

三人並ぶと、よく似ていた。

男たちの先頭に立って蔵に入り、指揮をしてきたお寅の顔は日に焼けて、しわが刻まれている。そのしわが険しい顔に見せている。髪は白く、頬はこけている。

一方、娘たちは色白で、頬はふっくらとしている。三十を過ぎているはずだが、華やいだ、かわいらしい感じがする。

別々にながめるとまったく違う印象なのだが、並ぶと間違いなく母娘である。

お高はなにか、不思議な感動を持って、三人をながめた。

作太郎は風呂敷包みを解き、巻紙を取り出した。広げると、白地に墨で描いた下絵である。後ろに控えるお高にもよく見えた。

「ご依頼の屏風は六曲一隻《ろっきょくいっせき》でございます。六扇《せん》、つまり細長い面が六面あるということになります。ここに四季の草花を描くつもりです。右隻第一扇から白梅があり、桜、菖蒲《しょうぶ》、あじさい、朝顔、すすきと続いて、右隻六扇が紅葉《もみじ》となります。これは下絵です。最初のものですから、大まかに全体を見ていただけたらと思います。お気に召しましたら、もう少し大きなものを描きます。その際には、かるく色もつけます」

「そうか、そんなふうに何度も見せてくれるのか。ありがたいねぇ。なにしろ、こっちは素人《しろうと》だからね、どういうふうなものが出来上がるのか、言葉だけだと心配なんだよ」

お寅は目を細めた。

実際の屏風の四分の一ほどの大きさになるのだろうか。

墨一色ではあるが、全体が分かるよう、細かく筆を入れている。ごつごつと曲がった梅の枝が左端から伸びている。細い枝の先には、匂うような白梅。その先にはしだれ桜、すっと茎をのばした菖蒲。こんもりと丸いあじさい。

さまざまな花が季節の流れとともに過不足なく描かれている。

実際の大きさになり、地に金を張り、色をのせたら、すばらしく華やかなものになるだろう。

お高はあらためて、作太郎の絵描きとしての腕を思った。

「お前たちはどう思う？　気に入ったかい？　なんでも思ったことを言っていいんだよ。いずれは、お前たちのものになるんだから」

お寅はふたりの娘にたずねた。

「いいんじゃないかしら。一年じゅういつでも使えるし、華やかで楽しいし」

「おめでたい感じがするわ」

娘たちは満足そうにうなずいた。

「そうかい、お前たちはそう思うのか。たしかに、悪くはないねぇ。きれいな、いいものになるんだろうね」

お寅はそう言ったまま、じっと下絵をながめている。

なにも言わない。

「お気に召しませんでしたか」

堪《こら》えきれなくなって作太郎がたずねた。

「悪くはない」

「……そうですか」

「だけど、満足はしていない」

作太郎の背中が強張《こわば》った。

お寅はなにを言いだすのか。

お高は息を詰めた。

「浄光寺に涅槃図があるだろう。お前さんの友達が描いたらしいね」

「森三という男が描きました」

「あれはいい。私はびっくりした。絵のことはよく分からないけれど、とにかく、すごかった。魂をつかまれるとは、こういうことだと思った。どうして、ああいう絵を描いてくれないんだ」

作太郎がぐっと言葉に詰まった。

「浄光寺の涅槃図って、あの枯れ枝の絵のこと？　あたしは好きじゃないわ」

「そうよ。寒そうで、地味で嫌いよ」

ふたりの娘が口をとがらせた。

「そういうことを言ってんじゃないよ。人の話をよく聴きなよ。あたしはね、世の中にただ一つ、ほかにはない絵が欲しいって言っているんだよ。あんただって、そうだろう？　せっかくの屛風絵だ。初めて描くって言ったじゃないか。思いきって、俺はこれだってもんを描いてみたいんじゃないのかい？」

お寅はにやりと笑った。

「あんたが、最初、うちに来たときのことをよく覚えているよ。わが家に伝わる木彫りの恵比寿《えびす》様を見に来た。そのときの、あんたは飄々《ひょうひょう》として、なんだかとても愉《たの》しそうに見えた。こっちは毎日算盤《そろばん》とにらめっこしてさ、天気の心配だの、使用人のこと、家族のこと、頭が痛いんだよ。こんなふうに世の中を、ふわふわと軽やかに渡っていく人がいるんだなって思ったよ。あとで、あの英《はなぶさ》の息子さんだって聞いた。絵には、描いた人の姿が映し出されるんだろ。どうして、そのまんまの自分を絵にしないんだよ。それがあんたの魅力だよ。なんだ、これでいいのか、こんなふうに生きてもいいのかって、見ている人が気持ちよくなるような絵を描いておくれ。あたしは、そういうのを待っている」

そう言うと、お客が待っているからとお寅は立ち上がった。

足の運びはゆっくりで、白足袋からのぞく脛《すね》は驚くほど細い。

それでも、やはり長谷勝のお寅は健在だった。

作太郎の肩がすとんと落ちた。

長谷勝を出てからしばらくの間、作太郎は黙ったままだった。突然、顔を上げると言った。

「言われてしまったなぁ。私はあの人を見くびっていたんだ。こんなもんでいいかって、思っていたわけじゃないよ。どうしたら気に入ってもらえるか真剣に考えた。そうやって、だんだん無難なものにしてしまったんだ。恥ずかしいよ」

その口調は晴れやかだった。

その日から、作太郎は前にもまして真剣に絵に向かうようになった。

お高が夕食を持ってたずねると、川を中心に桜と紅葉を描いていた。

「ずいぶん、変わりましたね」

「一から考え直したからね。だけど、まだ違うな」

首を傾《かし》げた。

お高は汁を温め、食事の用意をした。

「炊き込みご飯は松茸かと思ったら、しいたけだった」

「今年の松茸はもうおしまい。だから、干ししいたけを使っているんです」

「そうか。過ぎてしまったのか。このごろ、一日が過ぎるのが早いので驚いてしまう」

「松茸は終わったけれど、寒くなるとお魚がおいしくなるし、楽しみも増えますよ」

「そうだなぁ」

そんな話をした。

三

何日かしてたずねると、作太郎は部屋じゅうに自分が焼いた器《うつわ》を並べてながめていた。

「昔、京にいた絵描きは実家が呉服屋だった。だから、その男の描く絵はどこか友禅《ゆうぜん》の柄を思わせた。いや、のちの呉服屋があの男の絵を柄に取り入れたのかな。ともかく、私は焼き物をやってきたから、その手法を絵に使えないかと考えているんだ」

そう言って手に取ったのは、紅葉の形の五枚揃《ぞろ》いの器だった。銀と翠《みどり》、紅、黄、紫、生成りに色付けされている。太い筆に釉《うわぐすり》をたっぷり含ませて一気に描いたのだろう。色の濃さはまちまちで、線は曲がり、釉がかすれているところもある。

「焼き物の絵付けは、一気呵成《いっきかせい》に仕上げるんだ。筆を止めたらだめなんだよ。からからに乾いた土に描くのだから、とにかくすごい勢いで釉がしみこんでいく。紙の比じゃない」

「だからですか。勢いがありますねぇ」

「うん、面白いよなぁ」

そう言いながら、また別の器を手にした。それは鮮やかに紅白の椿《つばき》を描いた大鉢だ。葉も花も思い切って形を省略して描き、椿の絵柄の上に太筆で勢いよく金の線をのせている。

「この器もいいですねぇ。豪胆な感じがします」

「お高さんなら、この器に何を盛り付ける？」

「これに？　料理を盛り付けるんですか」

「使ってこその器ですよ。ありがたがって飾るほどのものでもないし」

そうは言われても、鉢は大きく、絵柄の印象も強い。

「かぶの漬け物を山盛りに」

「それはいい」

作太郎は声をあげて笑った。

「父なら、かさごの唐揚げを盛り付けたかもしれませんね」

「ああ、面白い。なるほど、なるほど」

また、別の日、お高がたずねていくと、部屋じゅうに書き損じの紙が散らばって、作太郎の姿がなかった。どうやら奥の部屋で眠っているらしい。

散らばった紙をよけながら、座敷に上がり、声をかけた。

「ああ。お高さんか。夜中に閃《ひらめ》いて、夜明けからずっと描いて、疲れたから今、少し休んでいたところなんだ。こんな感じだけど、どうだろう」

「まぁ、これですか」

紙の中央に大きな川の流れが描かれている。太い筆で勢いよく描いた輪郭だけの川だ。周囲には繊細な筆遣いで描かれた紅白の椿。花から花へと蝶《ちょう》が遊んでいる。

「面白いですねぇ。地は金になるんですか？」

「そのつもりです。中央の川は瑠璃《るり》です。金で水の流れを描きます」

「さぞ、華やかなことでしょうねぇ」

「もう一度、長谷勝さんに見ていただこうかと思うのです。お高さんにも、お願いしていいですか」

そうして、ふたりでもう一度、長谷勝をたずねた。作太郎は下絵とともに椿の大鉢を抱えている。

座敷で待っていると、お寅が入って来た。

作太郎が下絵を広げると、身を乗り出した。

「ほう、なるほど、こうなったか」

お寅は目を細めた。

「この下絵を描くときに頭にあったのは、以前、焼いたこの鉢です。この華やかさ、楽しさを屏風に描きたいと思いました」

「うん、うん。こういうことか。実物を見せてもらうと、出来上がりが浮かんでくるよ。筆に勢いがあっていいねぇ」

「俵物《たわらもの》の商いは海や川から富がやって来ると思いまして、川を真ん中におきました」

「うん、それだったら、いっそ、川幅はもっと広くならないかい。それでね、ここにめでたいものをたくさん描いておくれよ。岸のほうじゃなくってさ。川をにぎやかにしたいんだ」

お寅は目を輝かせて言った。やせた体のどこから出るのかと思うような、力のある声だ。

作太郎も膝をすすめた。

「なるほど、川を幅広く。たとえば扇面を散らすのはいかがですか。末広がりのめでたい扇面にさまざまなものが描かれている……」

「たとえば、どんなものかい」

「そうですねぇ。秋草、夏草、風光明媚《ふうこうめいび》な景色はいかがですか。たとえば……三保《みほ》の松原《まつばら》に松島《まつしま》、あるいは雅《みやび》なところで六歌仙《ろっかせん》、源氏絵巻」

「さすがに双鷗画塾の俊才だねぇ。次々と出てくる」

お寅は楽しそうに笑う。作太郎もうれしそうだ。

「源氏物語は辛気《しんき》臭《くさ》いから好きじゃないんだ。いつも、女が泣いている。だいたい、うちに和歌を知るお客なんか来ないよ。草花がいいね。地の恵みだから。……草花は得意だっただろう。桜に梅、桔梗《ききょう》……。なんでもいいよ。にぎやかに、めでたくしておくれ」

話はどんどん前に進む。そんなふうにして大まかなことが決まった。

その日から、作太郎はさらに何枚も下絵を描いた。最初は川を。その次に扇面を。大きさや形を変えて、いくつも描き、それを切り抜いて描いた川の上に並べた。作太郎は根気よく、何度でも繰り返した。

お高はその数に驚いた。

そのうちに、扇面に絵を描いた。

椿、牡丹、すすき、萩、菊、桜、梅、朝顔、あじさい。

草花を描き、それを切り取り、描いた川にのせる。離れてながめ、納得すれば色をおく。けれど、翌日、訪れるとすべてをくずして最初からやり直していた。

お高が作太郎をたずねるのは、たいてい夕方に近い時刻だ。夕餉《ゆうげ》を持って行き、いっしょに食べた。

作太郎は朝から取り組んでいたというときもあるし、昼まで寝て、起きたばかりだという日もあった。

だんだんと口数が少なくなった。声をかけるのがはばかられるほど夢中になっていることも多くなった。

たまたま、作太郎の手が空いて、いっしょに夕餉をとることになった日だった。

「こんなに下絵に時間をかけているとは知りませんでした」

お高は言った。

「さっと決まることもあるんですけれど、迷いはじめるとね。でも、この時が楽しいとも言えるんですよ。本絵になると、失敗はゆるされないから」

作太郎はお高の持ってきた鮭《さけ》のかす漬けや里芋の煮ころがしをおいしそうに食べた。

「今が一番楽しいとも言えるな。わくわくしている。どんなものが出来上がるかと思って。

だけど……、そうだなぁ、だけど、これから先は楽しいのと苦しいのと、がっかりがいっしょになってしまう。頭の中に描いたものはすばらしいんだけれど、私の手が追いつかない」

最初から最後まで絵の話だった。

茶を飲み終わり、お高が洗い物をしようとすると、作太郎が言った。

「……そのままにしておいていいですよ。家のことは近所のおかみさんに頼んでいるんです。この近所にも、食べるところはいくらかあるし、風呂屋も近い」

「そうですね。お邪魔しちゃ、いけないですものね」

だから、毎日は来ないようにしていた。三日か四日に一度。

「いや、うれしいんですよ、来ていただいて。それに、お高さんの料理はおいしいから。……だけど、今は時間がもったいないので」

「……そうですよね。気がつきませんで、すみません」

「いや、お高さんがあやまることじゃない。ただ、本絵になると、もう、……なんて言うかな。私ひとりで、山を登るようなものだから」

「いいんですよ。お近から聞きました。もへじさんも以前、同じようなことを言っていたそうです。それじゃぁ、しばらく、ここに来るのはやめにしますね」

「そうしていただけると、ありがたいです。絵が描きあがったときは、一番に、お高さんに見ていただきたいので」

作太郎は言った。

そのことは黙っていたけれど、すぐ、お栄に気づかれた。店を閉めて片づけをしているとき、何気ないふうに言われた。

「このごろ、作太郎さんのところに行かないんですね」

「そうなの。しばらく遠慮しているの」

「来ないでくださいって言われた？」

お近があっさりと言い当てる。

「もへじが言ってたよ。絵に夢中になっているときは、誰にも邪魔されたくないんだってさ。絵のためだけに、自分の時間を全部使いたいんだ」

「家のことは、誰がしているんですか？」

「近所のおかみさんに頼んでいるんですって。食べるところも、銭湯も近くにあるしって」

ふふとお栄が笑った。

「でも、お世話をしたいんですね」

「ご飯だけよ。届けるだけなら、邪魔にならないでしょ」

「お高さんが来るかもしれないと思ったら、作太郎さんは気になりますよ」

「そうだよ。疲れて寝ようかなと思っても、お高さんが来ると思ったら起きてなくちゃなんない」

「まぁ、そうだけど」

「しょうがないよ。絵を描くのは本人なんだから、ほかの誰も助けられないんだ。だから、絵描きは苦しいんだって、もへじが言っていたよ」

いつもは背中をぐいぐい押してくるお近が、めずらしく止めてくる。お近も大人になってきたのだなと思う。

「分かったわ。私にできることは何もないのね」

お高は言った。

作太郎は日が暮れてからも、仕事を続けていた。手を休めるのが嫌なのだ。体は疲れているけれど、頭が冴えて眠れない。そんな日が続いていた。

部屋の隅の暗がりに誰かがいる気がした。目をこらすと秋作が座っていた。

「なんだ、秋作。どうして、ここにいるんだ？　郷《さと》に帰ったんじゃなかったのか？」

「まぁ、そうなんですけどねぇ。なんだか、やっぱり江戸に未練があるんですよ。あのとき、作太郎さんに言われた通り、橋の絵のほうを出しておけばなぁって思うんですよね」

秋作は頭をかいた。行灯《あんどん》の明かりに浮かんだ秋作は、少しやせたように見えた。

「まぁ、終わったことだ。私を頼ってきたんだ、もう少し真剣に面倒をみてやればよかったのかなぁ」

「そうですよ。走ったほうがいいとか、物をよく見ろとか。そういうことじゃなくてね、もっと、すぐに役に立つことを教えてほしかったですよ」

「役に立つって？」

「あるじゃないですか。世間にはそういうのがいっぱい。この三つを覚えれば商いは困らないとか、半日で将棋が上達するとか」

「そんな方法があったら、私が知りたいよ。もっと、絵が上手になりたいからさ」

筆を持ち直して答えた。

「作太郎さんはなんで、絵を描いているんですか」

「なんでって……。ほかにできることはないからさ」

「まぁた、そんなことを言っちゃって。なんでもよく知っていて、話も面白い。食べ物についてはとくにだ。いつも、みんなが作太郎さんのまわりに集まってくるじゃないですか」

「そんなことはないよ」

「うらやましいなぁ。私はね、人に認められたいんですよ。ほめられたい。ひとかどの者になりたかった。……だけど、双鷗画塾も失敗しちゃったしね。もう、私は誰でもないんですよ。ただの男。そんな気持ち、作太郎さんには分かりませんよね」

ふっと声が消えた。

部屋の隅を見たが、誰もいなかった。

疲れているのだ。

絵を描きながらのひとり言はよくある。

ああ、ちょっと失敗したか、いや、大丈夫だ、いいぞ、いいぞとか、気づくとしゃべっている。

けれど、こんなふうに誰かが現れたのは初めてだ。

今日はもう、おしまいにしよう。

作太郎は筆をおいた。

夜、お高は二階の自分の部屋に上がった。

手に取ったのは『豆腐百珍《ひゃくちん》』だ。天明二年に出版された料理本で、豆腐料理が百種集められている。もともとは父の九蔵が買ったもので、そのままお高のものとなった。

手を替え品を替えとはこのことで、湯豆腐のような定番のものから、まぁ、よくぞ思いついたものだという凝《こ》った料理、変わった料理も載っている。

たとえば、蜆《しじみ》もどき。

豆腐を水気なしで鍋で炒《い》る。水気が出てきたら、さじですくって捨てる。そのうちに蜆貝ぐらいの大きさになるので、これを油で揚げて醬油《しょうゆ》と酒で煮て、青山椒《あおざんしょう》をおく。

なかなかおいしそうだ。酒の肴にいいだろう。

しかし、ずいぶんと手間がかかる。

たとえば、夜、ちょっと酒を飲みたくなった料理好きがいたとする。豆腐しかない。冷ややっこでは知恵がないから、もうひと工夫したいと思うとする。

ちびちび飲みながら料理をはじめる。だが、あまりに時間がかかりすぎて、料理が出来上がる前に酔っぱらうか、酒がなくなってしまうだろう。

一度つくってみたいと思うのは、煮ぬき豆腐である。

かつおのだし汁で終日、朝から暮れまで煮るのだ。

「豆腐すだつ也《なり》」とある。

そもそも、豆腐は長く煮てはいけないのだ。こんなに火を入れたら、当然、すがたつ。

ぼそぼそ、すかすかになったその先に、お高の知らぬ美味があるのだろうか。

「作太郎は筆の持ち方がいいのよ」

どこからか声が聞こえた。今年の初めに亡くなった産みの母の声だ。

「あなたのおじい様は書家だったのよ」

夢を見ているのだろうか。

行灯の明かりがぼんやりと辺りを照らしている。

「筆が上手に使えるのは血筋ね」

「だったら、うれしいです。私は絵を描くのが好きですから」

「だけど、これからはあまり絵に夢中にならないようにね。だって、あなたには英《はなぶさ》の跡取りとしての役目があるんだから。……そのために、母のもとを離れて江戸に向かうのですよ」

「……いえ、でも」

「作太郎と離れるのは母も辛いです。身を切られるような思いです。作太郎は私の大切な掌中の珠《たま》。できることなら、あなたを手元に置いてその成長を見つめていたかった。でも、こんな鄙《ひな》の地にいたら、あなたの出世は望めません。だから、母はあなたを手放すことに決めました」

母の声は細く、今にも消え入りそうだった。

「作太郎を英の跡取りにする。あなたの父上はそう約束してくださいました。私はその言葉をありがたく、うれしく聞きました。……父上は立派な方です。おじい様から受け継いだ英を、さらに大きく、立派な料理屋にしました。江戸の名だたる人たちが英の料理を食べに来る。そして口々にほめる。この店は江戸の華だ。この店に来ると何かが起こる。何かがはじまる……」

「……母上。でも、私は……」

「ねぇ、作太郎。分かっていますね。あなたにはその英を担《にな》うというお役目があるんです。……あちらの方々の言うことをよく聞いてね。精進《しょうじん》を重ねて立派な主《あるじ》になるんですよ」

「……申し訳ありません。それはできませんでした。私は非力です。父上のような知恵も力もないんです」

「何を言っているんですか。男子《だんし》は弱音を吐いてはなりません。なんのためにお前は江戸に行くのです？　母の思いを踏みにじるというのですか。いつから、そんな親不孝になったのです」

「……申し訳ありません。……申し訳ありません」

作太郎は自分の手が震えていることに気がついた。

百珍には豆腐のほかに鯛《たい》、玉子、甘藷《かんしょ》、海鰻《はむ》、蒟蒻《こんにゃく》があり、『柚珍秘密箱《ゆうちんひみつばこ》』という一冊もある。しかし、お高の書棚にあるのは料理の本ばかりではない。『万葉集』や『古今和歌集』なども ある。これも九蔵の蔵書だ。お高は一冊を取り出して開いた。

『逢《あ》ひ見てののちの心にくらぶれば　昔はものを思はざりけり』

百人一首にある権中納言敦忠《ごんちゅうなごんあつただ》の歌だ。

恋しい人とついに逢瀬《おうせ》を遂げた後の気持ちに比べたら、昔の想《おも》いなど、無いに等しいほどのものだったのだなぁというような意味らしい。

お高はこの歌を、ほかの百人一首の歌とともに寺子屋で習った。子供だったから「逢ひ見ての」というところを、ただ、ふつうに顔を見るというような意味だと思っていた。

本当の意味に気づいたのは、ずっと後になってからだ。

お高は『源氏物語』に手を伸ばした。わかりやすくあらすじをまとめ、和歌の意味を説明したものだ。これも九蔵が料理の参考にするために買ったのだ。お寅は、女が泣いてばかりで嫌いだと言っていた。

何気なく開くと『花宴《はなのえん》』だった。宮中で桜の花を愛《め》でる宴が開かれ、光源氏《ひかるげんじ》は朧月夜《おぼろづくよ》という美しい女人《にょにん》と出会い、恋が生まれるという物語だ。

以前、双鷗のところで、作太郎、もへじ、森三の三人の手による源氏絵巻の模写を見せてもらったことがある。

作太郎は『桐壺《きりつぼ》』、もへじは『若紫《わかむらさき》』で、森三は『花宴』を描いていた。

三幅《ぷく》の絵はどれもすばらしかったが、お高がもっとも心惹《ひ》かれたのは森三の描いた『花宴』だった。

満開の桜を背に男女が向かい合って立っている。女の髪はすべらかしで袿《うちき》姿。男は直衣《のうし》。屋敷の外、渡り廊下のようなところだ。高位の婦人は御簾《みす》の奥にいて、顔を見せることはまれだった時代だが、夜にまぎれて偶然出会ってしまったのだ。手をのばせば届くほどの近さである。女の顔は扇で隠れて見えない。源氏は後ろ姿だ。それなのに、驚きや恥じらいが伝わってくる。恋がはじまる、その一瞬をとらえていた。

その絵は双鴎が手放しでほめ、手元においていた。森三にとっても、会心の出来だったにちがいない。

「涅槃図も『花宴』と名づけられていた。なにか、つながりがあるのかしら」

お高は首を傾げた。

部屋の隅には、これまで描いたものが積み重なっている。作太郎はその紙の束を手にした。ながめていると、暗がりに人の気配があった。

「森三か」

作太郎は声をかけた。

「そうだよ」

子供のような高い声だった。初めて会ったころの、まだ幼さの残る森三だ。やせた小さな顔に大きな目が光っている。

「ねぇ、何しているの？」

「描いた絵を見ているんだ」

「作太郎は、もう、絵をやめたのかと思っていたよ」

「また、描くことにしたんだ。私は絵を描くことしかできないからね」

「どうかなぁ」

　森三はからかうような笑いを見せた。

「僕やもへじは必死に何かになろうとしていたけど、作太郎は違ったよね。作太郎は何者にもなりたくないんだ。宙ぶらりんのままでいたいんだ」

「そういうわけじゃないさ」

「そうだよ。絵も中途半端、英の主にもなりたくない。そのほうが楽だものね。今は本気を出していないだけ。やろうと思えばいつでもできる。そんなふうに涼しい顔をしていたいんだ。……だけどさぁ、本音は失敗するのが怖いんだろ。たいしたことないやつだって、みんなに見透かされてしまうのが嫌なんだ。結局、作太郎は弱虫なんだよ」

「失敬なことを言うなぁ」

「だって、本当のことだもの。僕はずっと作太郎のそばにいたんだよ。なんだって分かるさ」

　森三はふふんと鼻を鳴らした。

「作太郎はずるいんだよ。面倒なことは、みんなおりょうさんに押し付けたじゃないか。……ねぇ、本当の気持ちを教えてよ。おりょうさんのことをどう思っていたの？　好きだった？」

「……好きだったよ」

「嘘だぁ」

「あの人は許嫁《いいなずけ》だ」

「ほら、また、そうやって逃げを打つ。許嫁だから、親が決めた相手だから……？　じゃあ、あの人じゃなくてもよかったの？」

「そんなこと、あるわけないじゃないか」

「でも、あの人はいつも悲しそうな顔をしていたよ。そういうの、作太郎は気づいていたよね。気づいていて、知らんぷりしていたの？」

短い沈黙があった。

「……僕は見捨てておけなかった。あの人のことを好きになってしまった。あの人も、僕のことを好きだと言ってくれた。内緒で会っていたんだ。こっそりと……、何度も……」

「……適当なことを言うな」

作太郎は自分の声がかすれていることに気がついた。

「だけど、いけないのは作太郎だよ。しっかりと、あの人の心をつかんでいなかったんだもの。……僕はちゃんとなぞをかけたよ。あの涅槃図は『花宴』って名づけたんだ。変だよね、おかしいよね。花なんか、ひとつもないのに。作太郎はなんとも思わなかったの？」

筆を持つ手が震えている。首筋から汗が噴き出してきた。

「絵が出来たとき、あの人もとても喜んでくれたよ。……だから、僕は誘ったんだ。いっしょに逃げようねって。……来るって言ったんだよ。約束したんだ。……だけど、来なかった。だから、ひとりで逝《い》くことにした。……仕返しなんかじゃないよ。僕はただ、本気を見せたかっただけなんだ。文には、あなたが来てくれなかったら僕は死にますって書いたんだもん」

森三は低い声で「死にます」と繰り返した。

「いい加減なことを言うのはやめろ。私は信じないぞ」

「作太郎が信じるか、どうかは関係がないよ。これは、本当のことだもの」

「もう、いい、やめろ」

「その絵、出来上がらないよ。だって、僕が作太郎の絵を描く力を全部もらったから」

森三は笑った。ぼんやりとした明かりに、森三の目が不気味に赤く光った。

のどの奥が熱くなり、体がぐらぐらと揺れだした。どこか深いところに引きずり込まれていく気がした。

このままどこまでも堕《お》ちていくのだろうか。

手足を動かそうとしたが、水の中にいるように重かった。

そうか。水の底か。

森三に呼ばれたのか。しかたないな。

辺りは暗く、寒かった。

どれほど時が過ぎただろうか。どこか遠くで呼ぶ声がした。

「坊ちゃん、坊ちゃん」

誰の声だろう。

その声はだんだん大きく、はっきりと聞こえてきた。

「坊ちゃん、九蔵ですよ。英の板長をさせていただいていた。もっとも今は、丸九って一膳めし屋のおやじですけれどね」

「ああ、九蔵さんか……」

「こんなところで何をなさっているんですか。早く戻らなくちゃだめですよ」

作太郎はぶるっと体を震わせた。

「大丈夫ですよ。そこまでごいっしょいたしますから。なあに、すぐですから。……坊ちゃんは今も絵を描いていらっしゃるんでしょ。あっしは坊ちゃんの絵が大好きですよ。ながめているとね、なんだか、こう胸の奥が温かくなって幸せな気持ちになる。いい絵ですよ。本当に。あ、いや、絵のことはまったくの不案内なんですけどね。……ああ、ほら、その先ですよ」

目を開くと、天井が見えた。畳に倒れていたのだ。手足に力を入れて起き上がり、首をまわして見回すと、部屋の隅に森三の姿があった。

「私を呼びに来たのか……。だけど、困ったな。……なんとしてもこの絵を描きあげたいんだ。そうしなくちゃ、いけないんだよ。……この絵を描きあげたら、私は変わる。きっと変われる。そう思うんだ。自分のために、大事な人のために。そうしたいんだ」

立ち上がり、雨戸を細く開けた。冷たい風が吹き込んだ。風は作太郎を覚醒させた。

「森三も九蔵さんのことを覚えているだろう。英の板長だった人だよ。あの人がいつも言っていた。料理人の仕事は、料理でお客さんをもてなす、それだけだ。めずらしい料理でびっくりさせたいとか、偉い人にほめられたいとか、そんなふうに思っちゃいけない。料理が曲がってしまうから。結局、九蔵さんは英を辞めて、一膳めし屋をはじめた。河岸《かし》で働く人のお腹《なか》をいっぱいにする、当たり前の値段でおいしい料理を出す店だ」

森三の輪郭が少しずつ溶けてきた。

「私もほめられたかったんだよ。父に、双鷗先生に、まわりの人たちに。すごい絵を描いて、みんなをあっと言わせたいって、ずっと思っていた。でも、心のどこかで少し違うような気もしていた。きっと、九蔵さんの言葉が頭にあったからだ。絵描きも人を喜ばせるために描くんじゃないのかなって。……だけど、森三が死んで、英の父も、九蔵さんも逝って、自分が何をしたいのか、どういう人になりたいのか、分からなくなった。だから、焼き物をすると理由をつけてあちこち回っていた。まだ、英があって金をもらえたからさ」

「そういうのを世間じゃ、逃げるって言うんだよ」

もう、森三の声は消え入りそうに小さい。

「そうだよね。その通りだよ。まったく、しょうがないな。おりょうにも申し訳ないことをした。年月だけが過ぎて、気持ちは画塾にいたころのままだ。……あるとき、たまたま入った一膳めし屋で食べた料理が、九蔵さんとそっくりなんだ。なんのことはない。料理人の娘さんが店を継いでいたんだ。そこの料理を食べて、私はあの料理人に言われたことを思い出した」

――坊ちゃん。人は食べたもので出来ているんですからね、しっかり食べないとだめですよ。

「だからさ、しっかり食べて、しっかり生きることにしたんだ。ずいぶん、回り道をしたけれど。……私は絵をやめないよ。これからもずっと。命のある限り、描くんだ。私の絵が誰かの何かの役に立つかもしれないから」

夜明けが近いらしい。騒がしく鳥が鳴きはじめた。

森三は一瞬、泣き笑いのような顔になり、淡くにじんで消えていった。

まだ夜の名残《なごり》をとどめているような早朝、丸九ではお高とお栄とお近が忙しく働いている。白飯は炊きあがり、みそ汁はだしの香りを漂わせている。

「お近ちゃん、のれんを上げて、お客さんを入れてね」

「よっしゃあ」

威勢のいい声をあげてお近が表に出る。待っていたお客たちがあわただしく店に入ってきた。

「今日の献立は、鯛のあら炊きに豆腐の煮やっこ、ねぎと揚げのみそ汁に、ぬか漬け、甘味《かんみ》は田舎汁粉《いなかじるこ》です」

「おお、鯛のあら炊きかぁ。いい日に来たなぁ」

お客が言うと、すかさずお近は「うちはいつも、いい日ですよ」と返す。客あしらいがすっかり板についている。

客のなかに作太郎の姿があった。

「あれ、作太郎さん。お早いですね」

「ひと晩じゅう、起きていたから腹がぺこぺこだ。しっかり食べて、力をつけようと思ったんだ」

「絵は出来上がったんですか」

た。

「作太郎さん、おひとり。絵は今日じゅうに描きあがるそうです」

その声を厨房のお高は鯛のあら煮を盛り付けながら聞いた。うれしくて泣きそうになっ

「まだだ。だけど、今日じゅうには仕上げる」

お近は厨房に向かって大きな声をあげた。

絵が描きあがり、翌日には長谷勝に届ける、手元にあるのは今晩だけだから見に来ないかと作太郎に言われた。お高がたずねると屏風は六枚の扇を広げて座敷に置かれていた。

お高は目をみはった。

金を張った中央にゆったりと流れる瑠璃色の川があった。中央で大きくふくらみ、細くなり、もう一度ふくらんで右扇に消えていく。細部が省略されているけれど、金色の細い線でさざ波が描かれているので、それが川であることが分かった。

川の上には花を描いた扇が散っている。扇にはそれぞれ椿や桜、あじさい、牡丹などの花が描かれている。ざっくりと描かれた川とは対照的に、花々は繊細に緻密《ちみつ》な筆致だ。咲き誇る花の香りまで伝わってきそうだ。屏風から今にも抜け出しそうに咲き誇っている。

その花や川の上を、雲か風か、細かな金や紅や白の砂が舞っている。

「これが、作太郎さんの絵なんですね」

お高は声を震わせ、屛風の前に進んだ。目に映るすべてを心に焼き付けようと、じっとながめた。

「どうですか。気に入っていただけると思いますか」

「もちろんですよ。華やかで愉しくて軽やかで、見ていて幸せな気持ちになります。お寅さんに喜んでいただけると思います」

「お高さんはどうですか？　いいと思いましたか」

「それは、もう」

「それならよかった。お高さんがどう見てくれるのか、一番心配だったんですよ」

「だけど、私は絵のことは分からないんですよ」

「そんなことは関係がない。私はお高さんに喜んでもらいたかった」

お高は驚いて顔を上げた。作太郎はお高の手を取った。

「これからも、私のそばにいてもらえませんか。私が勘違いしないで、自分の道をまっすぐ歩いていけるように」

「できません。だって、私には……」

お高はその手を振り払おうとした。だが、作太郎はお高の手をしっかりとつかんでいた。

「世話を焼いてほしいわけではないんです。丸九で料理をするお高さんが好きなんです。大切なんです。そのままでいてください」

お高は作太郎の手を見た。

形のよい、長い指で、清潔な、けれど、力のある働く手だった。水仕事で荒れた、節の高い指をやさしく握っていた。

お高は耳まで赤くなった。

小さな声で「はい」と答えるのがやっとだった。

作太郎の腕の中にすっぽり包まれると、温かくて、なにか大きなものに守られているような気がした。胸に耳をあてると鼓動が伝わってきた。それは、作太郎という男の命の音だ。

この男と、いっしょに歩いていくのだと思った。

四

一年が過ぎた。年の瀬が近くなり、日本橋はあわただしさを増してきた。

その朝、もへじが三人の弟子を連れてやって来た。河岸《かし》で働く男たちに混じって、朝飯を食べている。

「年末までに描きあげなくちゃならない絵が、いっぱいあるんだよ。こいつらにもまだまだ、たくさん働いてもらわなくちゃなんないんだよ。絵を描くっていうのは力仕事みたいなもんでね、腹が減るんだ」

「商売繁盛で、よろしいことで」

お高はご飯のお代わりを手渡しながら言った。

「ここの飯はうまいなぁ。おかずも汁も、甘味も全部。毎日、来たいよ」

幼さの残る若い弟子が飯をかき込みながら言った。

「当たり前だ。この店をどこだと思っているんだ。丸九だぞ。日本橋で一番の一膳めし屋だぞ」

隣に座った漁師らしい男が口をはさんだ。男の腕は日に黒く焼け、松の木のように太い。

「ここの店は、ちぃっとばかし、よそより高い。だからね、ほかのやつらより腕のいい、働きのあるやつが来るんだ。分かってるか。分かったら、お前も頑張れ」

その脇のひげ面《づら》の男がにやりと笑う。

「それで、作太郎はどうしてる？　留守か？」

もへじがたずねた。

「今朝早く、瀬戸《せと》に出かけたんですよ。以前、お世話になった窯元《かまもと》からお誘いがあって、向こうで正月を迎えるそうです」

「じゃぁ、しばらく帰ってこないのか？」

「たぶんひと月か、ふた月は。途中、景色を写生したいそうです」

「相変わらずだなぁ」

もへじは笑った。

長谷勝のお寅は、屏風絵を大変に喜んだ。さっそく披露目《ひろめ》の会を催して大勢の客を呼んだ。正月には広間に飾り、年始の客に見せるという。

それなりの評判をとったけれど、次々と屏風絵の注文が舞い込むというほど、世間は甘くない。作太郎は小さな注文をこなしながら、皿や鉢の絵付けの仕事を再開した。以前、世話になった窯元に便りを出すと声がかかった。

作太郎の暮らしは絵を中心に回っている。

江戸に戻ってきても、絵を描きはじめたらずっと神田の家にこもっている。短いときは丸一日。長くなると十日以上。

注文の絵もあるが、たいていは自分が描きたいものを描いている。

先のことは分からない。ただ、今はそうやって力を蓄えているのだ。

手が空くと、作太郎はお高のところにやって来る。お高が神田の家に行くこともある。

そこでふたりで話す。

子供のころのこと、英の料理、九蔵のこと。作太郎は旅先で出会った人たちや美しい景色、めずらしい料理のことを。お高はお栄やお近、徳兵衛や惣衛門やお蔦や、そのほか、丸九のお客たちのこと、工夫した料理、日々のちょっとした出来事について。

作太郎の話は面白い。

けれど、作太郎はお高の話を聞きたがる。

「どうして、そんなにいろんなことが起こるんだ？　面白いなぁ、丸九は玉手箱みたいだ」

作太郎は声をあげて笑う。

その朝、旅に出る作太郎をお高は見送った。

ふと、このまま帰ってこないのではないかと心配になる。世間の夫婦とは違う、もっとゆるやかな結びつきだが、これがふたりの選んだあり方なのだ。

朝、のれんを上げると、市場で働く男たちがやって来る。

献立は、鯖のみそ煮と青菜の白和え、大根と揚げのみそ汁にぬか漬け、白飯、甘味は田舎汁粉だ。

昼近くなると、今度は近所の店主やご隠居たちが訪れる。

「お高ちゃん、俺、困っちまったんだよ。ちょいと頼まれてくれないかなぁ」

徳兵衛が入って来た。

「また、何をしでかしたんですか」

惣衛門が来る。

「さぁ、大変だ」

お蔦も続く。

「今度は、なんでしょうねぇ」

ご飯をよそいながらお栄が笑う。

「相変わらずだね」

お近が言う。

「しょうがないわねぇ」

お高はいつものように、耳を傾けた。

壁にはお栄がお蔦にもらった和歌が貼ってある。

『たち別れ　いなばの山の　峰《みね》に生《お》ふる　まつとし聞かば　今帰り来《こ》む』

猫が戻って来るというおまじないだが、失《う》せ物にも、人にも効くという。訪れた人がもう一度たずねたいと思う店でありたいという、願いをこめている。


（第一部　完）

柿の天ぷら

秋色をいかした一品です。
ころもに火が入ればよいので、さっと揚げてください。
柿は、熟しすぎないものを使うほうが扱いやすいです。

【材　料】（2人分）

柿……1個
小麦粉……1／2カップ
冷水……1／2カップ
揚げ油……適量

【作り方】

1　柿は皮をむき、へたを取ってくし切りに8等分する。
2　小麦粉と水を粉っぽさが残るくらいに粗く混ぜ、1をくぐらせる。
中温（約180度）に熱した揚げ油で、手早く揚げる。

お高の料理指南

里芋、高野《こうや》豆腐、三度豆の煮物

三度豆とは、さやいんげんのこと。一年に三度収穫できることからこの名がつきました。それぞれの材料を時間差で加え、味を含ませます。

【材　料】（2人分）

里芋（小）……6個
高野豆腐……2個
三度豆（さやいんげん）……6本
だし汁……1／2カップ

A
しょうゆ……大さじ2
みりん……大さじ2
酒……大さじ2
砂糖……少々

【作り方】

1 里芋は皮をむき、水に放して10分ほどアク抜きし、キッチンペーパーなどで水気をふく。
2 高野豆腐はぬるま湯で戻し、対角線で切って三角形にする。
3 三度豆は下ゆでして両端を切り落とし、半分に切る。
4 鍋にだし汁を入れ、煮立ってアクをすくったら、1とAの調味料を加えて煮る。
5 里芋に火が通ったら2を入れ、5分ほど煮る。最後に3を入れ、ひと煮してできあがり。

しめじのからし和え

八方酢は合わせ酢のひとつで、酸味がやわらかいのでいろいろな料理に使えます。きのこは、お好みで舞茸や生しいたけなどに替えてもおいしくいただけます。

【材　料】（2人分）

しめじ……1パック
塩……少々

（八方酢）
だし汁……大さじ3
しょうゆ……大さじ1／2
酢……大さじ3／4
練りからし……少々

【作り方】

1 しめじは石突きを切り、塩少々を加えた熱湯でさっとゆで、ざるにあげる。
2 八方酢の材料を混ぜ合わせ、練りからしも加え、1を和えて器に盛りつける。

＊第四巻でお高がしていたように、柚子《ゆず》の上部（へたの部分）をカットし、中身をくり抜いて器代わりにすると、香りと季節感を味わえます。

本書は、ハルキ文庫のために書き下ろされた作品です。

時代小説文庫
な19-8

匂《にお》い松茸《まつたけ》 一膳《いちぜん》めし屋《や》丸九《まるきゅう》㈧

著者 中島久枝《なかしまひさえ》

2022年11月18日第一刷発行

発行者 角川春樹

発行所 株式会社 角川春樹事務所
〒102-0074 東京都千代田区九段南2-1-30 イタリア文化会館

電話 03(3263)5247[編集] 03(3263)5881[営業]

印刷・製本 中央精版印刷株式会社

フォーマット・デザイン&シンボルマーク 芦澤泰偉

ISBN978-4-7584-4528-3 C0193
http://www.kadokawaharuki.co.jp/[営業]
fanmail@kadokawaharuki.co.jp[編集] ご意見・ご感想をお寄せください。

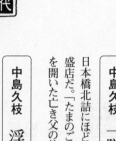

時代小説文庫

中島久枝　白子《しらこ》の柚子釜《ゆずがま》　一膳めし屋丸九㈣　書き下ろし

先代から「丸九」で働くお栄は、夜道で誰かに見られているような気配を感じる。それが度重なり、もしや別れた亭主ではと不安になるお栄。一方、色恋には奥手なおかみ・お高は、旅に出たきり音沙汰のない想い人・作太郎のことでやきもきして……。シリーズ第四巻。

中島久枝　しあわせ大根　一膳めし屋丸九㈤　書き下ろし

大晦日、「丸九」に作太郎が訪ねてくる。九蔵が板長を務めていた料亭英の跡取り・作太郎は、客用のおせち重から煮しめだけが消えてしまい、九蔵の味を継ぐお高に、急遽作ってほしいのだという。お高は出しゃばりたくないと尻込みするが……。シリーズ第五巻。

中島久枝　ねぎ坊の天ぷら　一膳めし屋丸九㈥　書き下ろし

葉桜の候。常連の惣衛門は、女房に「あなたのお気持ちは、『ぶり』と思ってたら『かます』でした」と言われ、頭を抱えている。近頃、自分が贈ったかんざしを挿していないことも気がかりの様子だ。一方お高は、作太郎と寄席に出かけて……。シリーズ第六巻。

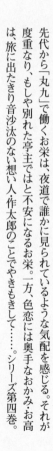

中島久枝

ずんだと神様

一膳めし屋丸九㈦

書き下ろし

七夕飾りで客を迎えた「丸九」。酒屋の隠居の徳兵衛は、暑いから米の飯よりそうめんがいいと言い出す。お高が茹でたそうめんをうまそうに食べる徳兵衛はその上、先代の九蔵が出してくれた「黄色いそうめん」がまた食べたいと言い出して——。シリーズ第七巻。